청루의 로맨티스트

백박의 산곡 세계

김 덕 환

지식과교양

책머리에..

한 시대에는 그 시대를 대표하는 문학이 있고, 그 문학을 대표하는 작가가 있기 마련이다. 일반적으로 원나라를 대표하는 문학양식을 원곡(元曲)이라 하고 그것은 또 희곡예술의 하나인 잡극(雜劇)과 당시·송사를 계승한 산곡으로 나뉜다. 산곡은 원대에 유행하여 명 · 청대로 이어졌지만 아쉽게도 그 발전의 역사가 너무 짧아 시나 사와 같은 정통문학의 지위에 오르기 전에 봉건왕조의 패망과 함께 사문학이 되고 말았다. 그러나 원대의 산곡은 당시 민간계층으로 내려가서 활동할 수밖에 없었던 당시의 시대적 환경으로 인하여 오히려 통속문학이라는 새로운 영역을 개척하는 계기가 되었다. 몽고족의 신분차별 정책으로 이미 사회의 최하층으로 전락해버린 한족 지식인들은 그들의 재능과 울분을 잡극과 산곡 창작에 예술적으로 승화시킴으로써 주옥같은 명편들을 남겼다.

원곡 사대가의 한 사람인 백박은 금나라 관료집안 출신의 한족 문인으로서 산곡은 물론이고 사와 잡극에서도 아주 두드러진 성과를 거둔 인물이다. 특히 그는 남녀 간의 사랑 묘사에 뛰어나 현종과 양귀비의 러브스토리를 「오동우(梧桐雨)」라는 애정극으로 재창조하여 세간의 이목을 끌었던 작가였다. 쓸쓸한 가을밤 오동잎에 비가 떨어질 때 잠을 이루지 못하고 사랑하는 양귀비를 그리워하는 현종의 애잔한 마음이 독자들의 심금을 울린다.

백박은 정통관료 집안 출신으로서 마음만 먹으면 얼마든지 출세가도를 달릴 수도 있었지만 일찌감치 포기하고 노래와 사랑과 술을 찾아 예술과 자연의 세계로 뛰어들었다. 그는 장유·사천택 등 원왕조에 귀순한 한족 통치계층들과 적절한 관계를 유지하면서 그들의 비호 아래 일생의 안락을 추구했다. 관한경처럼 완전한 난봉꾼도 되지 않고 마치원처럼 부귀공명을 갈망하지도 않았다. 세상의 이치를 이미 간파했기 때문일까? 그는 젊은 시절부터 세상사에 입을 다물고 일체 내색하지 않았다. 어찌 보면 난세에 처한 지식인으로서 너무도 안일한 길을 선택하지 않았나 싶기도 하지만, 그 역시 내면의 갈등이 컸음은 부인할 수 없을 것이다.

그의 산곡에는 이민족 지배라는 시대적 난제를 극복하고 살아가야 하는 처절한 지식인의 모습이 투영되어 있다. 현재『전원산곡』에 수록되어 있는 그의 산곡작품은 모두 41수(소령 37수. 투수 4수)인데, 여기에 그의 그러한 정서가 그대로 반영되어 있다. 산곡 외에도 그는 104수의 사도 남기고 있는데 그의 사는 산곡에 비해 잘 알려져 있지 않았다. 그러나 백박의『청루집』서문을 보면 그는 정작 산곡보다는 사의 창작에 더 흥미를 가지고 심취하였음을 알 수 있다. 산곡에 다소 유희적인 요소가 강한 가운데 일상의 삶이 투영되어 있다고 한다면, 사에는 현실과 이상 속에 고뇌하는 지식인의 진지한 내면의 세계가 솔직하게 담겨 있다고 할 수 있다. 이 책에서는 먼저 이민족 통치라는 특수한 상황에 처한 원대 지식인 백박의 그러한 내면의 정서와 예술의 세계를 정확하게 이해하기 위해 그의 산곡작품 41수를 모두 수록하여 번역과 주해를 가한 뒤에 다시 부록에 사의 대표작 27수를 선별하여 수록하였다.

여기에 수록한 원문은 산곡은 수수삼(隋樹森)의『전원산곡』(한경문화사업유한공사, 1983)과『청루집』(흠정사고전서본)을 저본으로 하였고, 사는 당규장(唐圭璋)의 『전금원사』(북경중화서국, 1979)와 『청루집』(흠정사고전서본), 서릉운(徐凌云) 교주 『천뢰집편년교주』(안휘대학출판사, 2005)를 저본으로 하였다. 마지막으로 이 책의 출판을 위해 어려운 여건에도 불구하고 물심양면으로 많은 도움을 주신 출판사 임직원 및 관계자 여러분께 감사의 말씀을 드린다.

2018년 4월 호은재에서 저자 씀

제 1 장

백박과 그의 산곡

1. 백박과 그의 삶

백박(1226-약1306)은 관한경이나 마치원과 마찬가지로 비록 정사에 기록은 없지만 그가 남긴 사집인 『천뢰집(天籟集)』으로 인해 그의 생애 자료는 동시대의 다른 원곡작가들에 비해 비교적 풍부한 편이어서 왕국유도 『송원희곡사』에서 그를 원대 초기 잡극 작가들 중에서 그 시대를 확실히 고증할 수 있는 인물로 규정한 바 있다.

백박은 금나라의 두 번째 수도 남경(南京, 지금의 하남성 개봉)에서 1226년 금나라와 몽고군의 대치가 절정에 달했을 때 추밀원판관을 역임한 백화(白華)의 둘째 아들로 태어났다. 백박의 생년은 왕박문의 『천뢰집서』를 근거로 추산이 가능하여 이견이 없지만 졸년에 대해서는 1285년, 1991년 이후, 1306년 이후, 1307년, 1312년 등 이설이 분분하다. 그의 졸년에 대한 최근의 학설은 대체로 1306년 이후라는 데 일치된 견해를 보이고 있다.

1232년 12월 백박의 나이 7세 때 개봉이 몽고군의 수중에 넘어가자 금나라 애종은 멀고도 험난한 피난길에 오르게 되었다. 이에 그의 부친 백화는 애종을 수행하는 관리로 선발되어 피난을 떠나고 그는 모친과 함께 개봉에 남게 되었으나 난리통에 모친을 여의는 아픔을 겪어야만 했다. 그 이듬해 겨우 8세에 불과했던 백박은 부친의 친구이자 금대 최고의 문호인 원호문(元好問)을 따라 북으로 황하를 건너 난을 피하였다. 원호문은 어린 백박을 친자식처럼 돌봤기에 백박은 자연스럽게 원호문의 가르침을 받으면서 문학적 소양을 충분히 쌓을 수 있었다.

금나라가 망한지 3년 만에 백화는 북방으로 돌아와 원호문과 함께 흔주(忻州)에 살다가 진정(眞定)으로 이주하여 당시의 권력가 사천택(史天澤)에게 의지하였다. 이 무렵 백박은 사천택으로부터 원나라 조정에 진출하여 사대부로서 치국의 뜻을 펼칠 기회를 얻었지만 명리의 장에 더 이상 미련을 두지 않고 그것을 단호히 사양하였다.

원대 주경(鄒經)이 『청루집서(青樓集序)』에서 백박을 두인걸·관한경 등과 함께 금나라 유민을 대표하는 사람이라 한 것에 초점을 둔다면 그가 사천택의 천거를 사양한 이유가 자기 조국에 대한 충정이나 유민의식, 몽고족의 통치에 대한 불만 등에서 나왔다고 볼 수도 있다. 그러나 금나라가 멸망했을 때 그는 겨우 7세에 불과한 어린아이였다는 사실을 감안한다면 그를 금나라 유민으로 보기는 어렵고, 그에게 정신적으로 가장 많은 영향을 미친 아버지 백화나 스승 원호문조차도 금나라에 대한 충정이나 유민의식을 가지고 몽고족의 부당한 통치에 맞서 투쟁한 인물이 아니었다.

따라서 그가 벼슬을 사양한 첫 번째 이유는 정치에 대한 염증이 만연했던 당시의 시대적 영향으로 출사에 대한 열정이 없었던 데 있고, 두 번째 이유는 어린 시절 모친을 여읜 상처가 가슴 깊이 응어리로 남아있었기 때문으로 보인다. 그렇기 때문에 그 자신은 벼슬길에 진출하는 것을 달갑게 여기지 않았지만 동생 백각(白恪)과 아들 백용(白鏞)이 원나라에 벼슬하는 것에 대해서는 굳이 말리지 않았던 것이다. 백각은 원나라 조정에서 관직이 태상경(太常卿)에 이르렀고 백용은 가의대부와 태상예

의원태경(太常禮儀院太卿)을 역임하였다. 현존하는 자료에 의하면 이때 백박의 나이는 대략 35세였으며, 그 후 55세에 건강(建康, 지금의 남경)으로 물러나 자리잡을 때까지 20여 년간 그는 대도(大都, 지금의 북경) 등지를 오가며 청루를 드나드는 등 자유로운 유랑생활과 유흥을 즐겼다.

그는 건강에서 생활하다가 다시 항주(杭州) 일대로 가서 시와 술을 벗 삼으며 한적한 생활을 보냈다. 이 시기에 유명한 원곡작가 양과(楊果)·호지휼(胡祗遹)·왕운(王惲)·노지(盧摯) 등과도 서로 화창하면서 왕래하기도 하고 청루와 구란(句欄)의 예인들이나 기생들과 밀접하게 지내기도 하였다. 그의 아들 백용은 관직이 정3품에 이르렀기 때문에 그가 남방으로 이주한 것은 아마도 아들이 관직 이동으로 남방으로 내려간 것과 관계있을 것이다. 사천택의 천거를 사양한 이후 수십 년이 지난 다음에도 그는 다시 한 번 벼슬에 나아갈 기회를 얻었지만 이를 또다시 단호히 거절하였다. 그의 <심원춘>「자고현능(自古賢能)」사의 소서에는 이에 관한 언급이 있다.

> 감찰사 거원이 나를 불러 정사를 맡기려고 하기에 혜강의 「여산도서」를 읽고 내 마음에 와 닿는 점이 있어서 이 사를 지어 사양하노라.
>
> 監察師巨源將辟予爲政, 因讀嵇康與山濤書, 有契於予心者, 就譜此詞以謝.

위진의 교체시기에 유명한 죽림칠현의 한 사람이었던 혜강은 역시 죽림칠현의 한 사람으로 절친했던 친구 산도가 자기를 사마씨의 진(晋)나라 조정에 천거하였을 때 「여산거원절교서(與山巨源絶交書)」라는 글을 지어 관직을 감당하지 못하고 조정에 들어갈 수 없는 이유를 들어 거절하였다. 혜강의 「여산거원절교서」는 사실 사마씨 정권에 반대한 선언이나 마찬가지였으므로 백박이 위의 서에서 "혜강이 산도에게 보낸 편지를 읽고 내 마음에 와 닿는 점이 있어서 이 사를 지어 사양하노라." 라고 한 것만 놓고 본다면 그가 원나라 조정에 협력하지 않겠다는 태도를 표명한 것으로 볼 수도 있겠다. 그러나 실제로 <심원춘> 사에는 혜강의 그러한 마음과 비슷한 정서도 나타나 있지만, 더 중요한 것은 나이가 너무 많아 벼슬에 나가고 싶은 생각이 거의 사라졌기 때문에 거절한다는 점을 명확히 밝히고 있다. 즉 당시의 몽고족 통치에 불만을 품고 협력하지 않겠다는 뜻이 아니라 그와는 반대로 조용하고 안정된 환경 속에서 유유자적하게 만년을 보내고 싶어 했다는 것이다. 따라서 이때 천거를 거절한 데는 젊은 시절 사천택의 천거를 사절했을 때와는 달리 건강에 정착한 후에 한적하게 여생을 보내려는 평범한 인간의 소박한 소망이 엿보인다. 기나긴 인생의 역경을 겪은 후에 만년에 이른 백박은 마침내 편안한 심신의 귀착지를 찾아 자적과 안녕을 추구하고자 하였던 것이다.

2. 백박의 산곡

백박은 원대 초기에 사대부 출신으로서 잡극(雜劇)을 창작한 유일한 인물이면서 당시에 찾아보기 드물 정도로 사와 산곡 창작에 두루 능통한 작가이기도 하다. 청대 말기의 대학자 왕국유는 『송원희곡고』에서 백박을 관한경·마치원·정광조와 함께 최고의 원곡작가 반열에 올리고 명대 이래로 관한경·마치원·정광조 다음에 놓였던 백박의 위치를 관한경 바로 뒤인 두 번째에 놓아야 마땅하다고 할 정도로 높게 평가하면서 그를 당시의 유우석이나 송사의 소동파에 비견하기도 하였다.

백박의 산곡을 최초로 편집한 청대 양희락은 1710년에 백박의 사집인 『천뢰집』 2권을 간행하면서 그의 산곡 31수(소령 28수, 투수 3수)를 부록 「천뢰집척유(天籟集摭遺)」에 함께 수록하였으며, 중화민국 시기에 임중민(任中敏)은 『태화정음보』와 『악부신성』 등을 근거로 소령 8수와 투수 1수를 더 보완하여 40수(소령 36수, 투수 4수)를 자신의 저서 『산곡총간』에 '천뢰집척유'라는 이름으로 수록하였다. 그 후 수수삼(隋樹森)은 『전원산곡』에서 다시 『천뢰집』에 수록된 [월조] <소도홍> 1수를 더 추가함으로써 현존하는 백박의 산곡은 소령 37수와 투수 4수를 합하여 모두 41수가 되었다.

그러나 그 중에는 원대 초기의 다른 산곡 작가들과 마찬가지로 작자 문제에 있어서 논란의 대상이 되는 작품들이 일부 포함되어 있으며, 구체적으로는 [월조] <천정사> 「봄(春)」·「여름(夏)」·「가을(秋)」·「겨울(冬)」 4수와 [선려] <기생초> 「음주(飮)」 1수, [선려] <취중천> 「미인의 얼굴에 난 흑점(佳人臉上黑痣)」 1수를 들 수 있다. 현재까지도 이 6수는 백박의 작품이 아니라는 설이 지속적으로 제기되면서 상당한 설득력을 얻고 있는데, 수수삼도 일찍이 『전원산곡』에서 이 6수를 백박의 작품으로 수록은 하였지만 주해를 통해 그의 작품이 아닐 가능성이 있다는 견해를 밝힌 바 있고, 최근에 이르러서도 장석천이 『백박연구』에서 이를 구체적으로 증명한 바 있다.

『전원산곡』에 실린 백박의 산곡 41수를 제재별로 살펴보면 자연풍경(15수)이 가장 많고, 그 다음이 남녀 간의 사랑(12수), 세상 한탄(8수), 예인의 자태와 기예(6수) 순이다. 백박의 산곡에 운용된 제재는 원대산곡에 전반적으로 흐르고 있는 정서를 바탕으로 하면서 관한경 · 마치원 · 노지 등의 산곡에 나타나 있는 정서와도 기본적으로 그 맥을 함께 하고 있다.

1) 자연풍경

『전원산곡』에서 자연풍경은 산곡작가들에게 가장 많은 묘사의 대상이 되었으며, 그 중에서도 특히 사계절 풍경은 빼놓을 수 없는 중요한 제재의 하나였다. 자연풍경을 묘사한 작품에서는 사계절의 풍경을 노래하고, 따스한 햇살 아래 가마를 타고 봄놀이 하는 정경을 묘사하였다. 여기에는 대자연에 대한 작자의 뜨거운 사랑과 동경이 담겨있다. 명사를 나열하는 가운데 동사를 적절히 활용하여 정적이면서 동적인 미감을 주기도 하고, 원경에서 근경으로 근경에서 원경으로 묘사하면서 경물에 감정을 이입하기도 하였다. 그리고 객관적으로 눈앞에 보이는 자연풍경의 아름다움만을 묘사한 것이 아니라 각 계절마다의 편안하고 고아한 생활정취를 묘사하면서 정경융합의 기법을 구사하여 서경적 이미지에 서정적 미감을 더하였다. 이러한 작품들에 나타난 풍격은 청려하고 언어는 수식을 가하지 않아 간결하면서도 아려하다. 자연풍경을 노래한 백박의 산곡은 다음과 같다.

[월조] <천정사> 「봄(春)」「여름(夏)」「가을(秋)」「겨울(冬)」
<천정사> 「봄」「여름」「가을」「겨울」

[쌍조] <득승악> 「봄」「여름」「가을」「겨울」
[쌍조] <경동원> 「따스한 날 가마타고(暖日宜乘轎)」
[대석조] <청행자> 「눈을 노래하다(詠雪)」 투수
[쌍조] <교목사> 「풍경을 보며(對景)」 투수

2) 남녀 간의 사랑

남녀 간의 사랑을 묘사한 작품은 관한경이나 마치원의 연정류 산곡에서 흔히 볼 수 있는 직설적이면서 이해하기 쉬운 통속적인 언어를 사용하여 언어적인 측면에서 산곡의 본색을 잘 구현한 것들이다. 자유로운 사랑을 추구하고 봉건예교를 반대한 백박의 산곡에는 그의 적극적이고 진보적인 애정관이 반영되어 있으며, 이것들은 앞서 논술한 세상한탄의 곡보다 훨씬 더 생동적이고 활발하게 묘사되었을 뿐만 아니라 민가 특유의 참신함도 함께 갖추고 있다.

원대 산곡작가들에게 있어서 남녀 간의 사랑은 자연풍경과 더불어 가장 많은 묘사의 대상이 되었다. 여기에 가장 뛰어난 작가로는 단연 관한경을 으뜸이라 할 수 있겠지만 백박도 결코 그에 뒤지지 않는다. 이는 백박의 유명한 잡극 「오동우」와 「장두마상」이 모두 원대의 대표적인 애정극이라는 사실만 가지고 보더라도 그가 얼마나 애정묘사에 능했는지를 충분히 알 수 있겠다. 남녀 간의 사랑을 노래한 백박의 산곡은 다음과 같다.

[중려] <양춘곡> 「사랑의 마음(題情)」 6수
[쌍조] <득승악> 「혼자서 왔다갔다 하다가(獨自走)」·「나 홀로 잠자리에 드니(獨自寢)」·「석양이 물든 저녁, 하

늘이 아득해진 밤(紅日晩, 遙天暮)」·「석양이 물든 저녁, 저녁노을은 남아있고(紅日晩, 殘霞在)」

[선려] <점강순> 투수

[소석조] <뇌살인> 투수

3) 세상한탄

이민족의 통치 아래에서 사회의 최하층으로 전락한 대부분의 원곡 작가들은 시간과 역사, 부귀영화와 세속에 대한 무상과 탄식, 현실에서 뜻을 펼치지 못한 불우한 심정과 출사에 대한 강한 의지를 세상 한탄(嘆世)이라는 제재로 표현해내었으며 이러한 세상 한탄은 자연스럽게 은거생활에 대한 동경으로 이어졌다. 원대산곡에서 이를 가장 대표하는 작가로는 단연 마치원을 꼽을 수 있으며 그의 산곡작품에는 어지러운 세상을 한탄하고 인생살이의 부질없고 허망함을 깨달으며 생명의 위기를 느꼈을 때의 심정이 곳곳에 내재되어 있다. 마치원에 앞서 백박에게서도 당연히 그러한 세상 한탄의 전통을 찾을 수 있지만 마치원에 비해 표현이 강렬하지 않고 작품수도 많지 않은 편이다. 이는 전통문인 출신으로 고위관직을 역임했던 노지나 서회출신 극작가로 난봉꾼의 영수이자 방랑객의 우두머리라 자처했던 관한경의 경우와 비슷하다. 그러나 노지는 원나라 조정에서 고위관직을 역임하면서 명리의 장에 직접 몸을 담고 있었기 때문에 당연히 현실에 대한 부정과 탄식이 적었을 수밖에 없었던 반면, 관한경은 벼슬하기를 달갑게 여기지 않고 잡극창작에 몰두하면서 직접 무대에 나아가 얼굴에 분장하는 것을 가정생활같이 생각하고 배우가 되는 것도 사양하지 않았기 때문에 그만

큼 명리에 대한 미련도 적었다. 이렇게 보면 백박은 벼슬하기를 달갑게 여기지 않았다는 점에서 관한경의 경우와 비슷하다고 할 수 있겠다. 세상 한탄을 노래한 백박의 산곡은 다음과 같다.

[中呂] 「양춘곡」「기미를 알아(知幾)」 4수
[쌍조] <경동원> 「근심을 잊은 풀(忘憂草)」·「금빛 찬란한 옷(黃金縷)」
[쌍조] <침취동풍> 「어부」
[선려] <기생초> 「음주(飮)」

4) 예인의 자태와 기예

예인의 자태와 기예를 묘사한 작품은 [월조] <소도홍> 1수와 [쌍조] <주마청> 4수가 있다. 전자는 가희 조씨(趙氏)의 자태와 노래 부르는 기예를 묘사하였고, 후자는 악기를 연주하거나 가무를 연출하는 사람의 자태나 기예를 묘사의 대상으로 삼았다. 예인의 자태와 기예를 노래한 백박의 산곡은 다음과 같다.

[월조] <소도홍> 「탐스런 쪽머리 날리는 귀밑머리 살짝 단장하여(雲鬟風鬢淺梳粧)」
[쌍조] <주마청> 「피리소리(吹)」·「비파소리(彈)」·「노랫소리(歌)」·「춤(舞)」
[선려] <취중천> 「미인의 얼굴에 난 흑점(佳人臉上黑痣)」

백박의 산곡에는 원대 전기의 대표적인 산곡작가였던 관한경이나 마치원과는 또 다른 일면이 있다. 난봉꾼의 영수이자 방랑객의 우두머리라 자처했던 관한경은 그 명성에 걸맞게 연정류의 작품이 절대적으로 많은 가운데 자연풍경류가 그 뒤를 잇고 있으며, 정치적으로 뜻을 이루지 못해 회재불우한 신세를 한탄했던 마치원은 세상 한탄과 퇴은의 작품이 단연 압도적인 가운데 자연풍경류가 그 뒤를 잇고 있다. 이에 비해 사대부 출신으로 사곡 창작에 두루 능했던 백박은 자연풍경과 연정류가 주축을 이루면서 세상 한탄이 그 뒤를 잇고 있다. 그러나 관한경이나 마치원처럼 어느 한쪽에 특별히 쏠리는 경향을 보이지 않고 있으며, 그렇다고 하여 제재의 범위가 그들보다 더 다양하거나 작품수가 더 많은 것도 아니다. 이로부터 한편으로 보면 백박은 관한경이나 마치원에 비해 산곡창작의 제재 운용이라는 측면에서 그다지 뚜렷한 특색을 갖추지 못했다고도 할 수 있겠고, 다른 한편으로 보면 백박을 관한경이나 마치원처럼 특정한 제재에 너무 치중하지 않고 제재를 고르게 운용한 작가라고도 할 수 있겠다. 산곡연구 초기에 백박의 산곡에 관한 연구가 주로 풍격방면에 집중되면서 그가 호방파나 청려파로 분류되기도 한 이유도 바로 그의 이러한 제재 운용과도 무관하지 않아 보인다.

백박의 산곡에 표현된 내용은 사에 비해 상대적으로 많이 협소한 편이다. 중국 전통운문의 새로운 한 양식으로 완전히 자리를 굳힌 사는 언지(言志)와 사회적 효용을 중시하는 시와 마찬가지로 개인의 서정은 물론이고 국가와 민족적인 문제에도 많은 관심을 가지고 묘사의 대상으로 삼게 되었지만, 민간음악의 태를 갓 벗고 나와 정통문학의 반열에 오르지 못한 산곡은 전통적인 문학이론과 문학관점의 편견으로 문인들이 이를 통해 자신의 정치적 관점을 표현하거나 국가대사를 반영하는 경우가 극히 드물었다. 백박도 관한경·마치원·노지 등과 마찬가지로 이민족의 군림, 국가패망, 가정파탄의 국면에 직면하여 산곡 속에서는 정치에 대해 함구하였던 것이다.

3. 산곡에 투영된 처세태도

북송 이래로 중국의 북방지역은 끊임없는 전란의 소용돌이에 휩싸여 있었기에 이로 인한 북방 한족 지식인들의 국가와 민족에 대한 인식은 남인들과 사뭇 다른 양상을 보였다. 즉, 거란족과 여진족의 북방지역 정복에 이어 세계를 제패한 몽고족의 전중국 통일전쟁으로 여러 차례 시대적 동란을 겪어야만 했던 북방지역의 한족 지식인들에게는 남송의 유민들과 같은 강렬한 민족의식은 없고 의기소침한 허무주의적 감상만 가득하였다. 이에 남송의 유민들은 시사(詩詞)를 통해 나라와 가정이 파괴된 데 대한 억누를 수 없는 비분을 표출하였지만, 금나라 유민들의 시사와 산곡에서는 그러한 강렬한 민족적 정서를 찾아보기 어렵다. 남송의 충신 문천상(文天祥)은 당당하게 「정기가(正氣歌)」를 부르며 형장의 이슬로 사라진 데 비해 금나라 조정에서 고위관직을 역임했던 대문호 원호문은 오히려 중서령 야율초재(耶律楚材)에게 편지를 써서 여러 인재들을 추천하였을 뿐만 아니라 세조 쿠빌라이에게 유교대종사(儒敎大宗師)라는 존호를 바쳤다는 사실이 이를 입증해준다.

백박의 부친 백화는 금왕조에서 추밀원판관을 역임하였고 개봉이 몽고군의 수중에 넘어갔을 때는 애종의 피난길을 수행하는 관리로 선발되기도 하였지만 금나라가 망하자 몽고군 투항 장수 사천택과 장유(張柔)에게 의탁함으로써 사실상 몽고군의 통치에 동조하였으며, 그에게 정신적으로 가장 많은 영향을 미친 스승 원호문조차도 금왕조에 대한 충정이나 특별한 민족적 저항의식 없이 몽고군의 통치를 그대로 받아들였다. 개봉이 함락된 후부터 1275년 사천택이 세상을 떠날 때까지 40여 년간 백박 일가는 시종 사천택·장유 집안과 밀접한 관계를 유지하였으며, 백박도 일생동안 원나라 조정의 중상류층 인사들과 폭넓은 교류를 가졌다. 이로 인하여 그는 몽고의 천하통일과 중원통치에 대해 비판적이기 보다는 때로는 옹호적이면서 찬양적인 태도를 보이기도 하였다. 물론 이는 당시에 많은 은덕을 입었던 사천택·장유 집안과의 관계를 고려한 백박이 자신과 가족의 생계를 위해 어쩔 수 없이 선택한 이중적인 처세태도로 이해된다. 그렇다고 하여 백박이 이민족의 지배하에 들어간 혼란한 시대적 현실에 직면하여 그 고통을 감내해야 하는 일반 민중들을 결코 외면하지는 않았으며, 이러한 정치적 입장이나 사상적 경향도 그의 사작품에 어느 정도 반영되어 있다.

백박의 처세태도는 명리를 간파하고 은거하여 완세골계(玩世滑稽)·시주우유(詩酒優遊) 한 것으로 요약할 수 있으며, 이것은 당시 한족 지식인들의 보편적인 정서이기도 하다. 완세(玩世)는 세상을 조롱한다는 뜻이고, 골계(滑稽)는 현실에 유연하게 순응하다는 뜻이다. 따라서 완세골계란 세상을 조롱하며 현실에 유연하게 순응한다는 의미가 되겠다. 완세는 고대 중국의 문인들이 현실을 도피하지 않고서도 가치관을 떨어뜨리지 않았던 일종의 생존방식이자 처세철학이었다. 그것은 유가와 도가 사상의 기본적인 처세 원칙을 중화시켜 초탈을 바라면서도 속세에 연연하는 문인들의 곤경을 해소시켜 주었으며, 이로 인하여 예로부터 이러한 이치를 본받고자 했던 문인학사들은 적지 않았다.

백박은 일찌감치 벼슬길의 험난함과 명리의 허망함을 간파하고 시비가 전도된 사회에서 누가 옳고 그른지를 분명히 알았기에 그의 산곡에는 예외 없이 이러한 완세적 처세태도가 반영되어 있다.

그는 모두의 간절한 소망인 명리를 달팽이 촉수나 파리머리처럼 하찮게 보고 부귀영화를 꽃밭의 나비나 일장춘몽에 비유하였다. 그리고 사람들에게 세상의 고뇌를 벗어나고 싶으면 일찍 관직을 버리고 은거하여 시끄러운 세상 밖에 살면서 조용하고 유유자적한 생활을 보낼 것을 일깨워주면서, 부귀공명에 대한 멸시와 이상적인 어부생활에 대한 동경을 표출하였다. 백박이 본 당시의 세상은 결코 유가적 윤리도덕이 통용되는 정상적인 사회가 아니었기 때문에 몽고족의 통치체제라는 당시의 정치 사회적 현실에 대해 할 말이나 불만이 있어도 함부로 털어놓을 수 없었다. 그래서 그는 영욕을 알면서도 입을 꽉 다물고, 누가 옳고 그른지 알아도 몰래 머리를 끄덕일 뿐이라고 했던 것이다.

이렇게 위태로운 사회에 살면서 그는 닥쳐올 재앙을 미리 알아차리고 몸을 보전할 수 있는 방법을 터득하여, 시와 술과 자연을 벗 삼으며 은거낙도(隱居樂道)의 길을 자연스럽게 택하였다. 그러나 백박은 결국 전통 사대부 출신이었기에 그의 완세에는 관한경이나 마치원에게서 보이는 난봉꾼의 영수나 풍월주인의 기질이 아닌, 만사를 잊게 할 산수자연을 벗하면서 시와 술을 즐기고 사계절 풍경을 좋아하는 전통 문인의 기풍이 있다. 이러한 완세적 처세관은 그의 사와 잡극에도 그대로 반영되어 나타났으니, 사에서는 몸을 속세에 두고서 정신적으로 현실을 초탈하는 태도나, 세상에 뜻을 두고 있지 않으면서도 세상을 벗어나지 못하는 이중적 정서를 표출하기도 하였고, 잡극에서는 당시의 현실적인 제재를 전혀 다루지 않음으로써 현실로부터의 탈피를 추구하면서도 전대의 제재를 빌어 당대의 현실에 다가서고자 끊임없이 노력하였던 것이다.

제 2 장
소 령(小令)

선려 기생초

음주

술에 깊이 취한 뒤에 무슨 방해 있겠으며,
술에 깨지 않을 때 무슨 근심 있으리오.
공명이란 두 글자는 술지게미에 넣어 삭히고,
천고의 흥망사는 탁주 속에 담아버리며,
만장의 웅대한 뜻은 술잔 속에 묻어버리자.
세상사를 모르는 이들도 굴원을 틀렸다고 비웃겠고,
나를 아는 친구들은 도연명을 옳았다고 말하리라.

飮

長醉後方何礙, 不醒時有甚思. 糟醃兩箇功名字, 醅渰千古興亡事, 麯埋萬丈虹蜺志. 不達時皆笑屈原非, 但知音盡說陶潛是.

* 『요산당외기(堯山堂外紀)』와 『천뢰집』「척유」에서는 백박의 작, 『중원음운』과 『옹희악부』에서는 작자 미상, 『북궁사기외집(北宮詞紀外集)』에서는 범강(範康)의 작이라 하였다. 『전원산곡』에는 범강의 작품에도 이 곡이 수록되어 있다.

* 선려(仙呂): 궁조의 이름으로 주권의 『태화정음보(太和正音譜)』에서는 "선려조는 신선하고 그윽하게 노래한다.(仙呂調唱淸新綿邈)" 라고 하였다.
* 기생초(寄生草): [선려]에 속하는 곡패 이름이다.
* 방하애(方何礙): 방(方)은 장차(將)의 뜻이고, 하애(何礙)는 무슨 방해를 받겠는가라는 뜻이다.
* 조엄(糟醃): 술지게미 안에서 절인다.
* 배엄(醅渰): 거르지 않은 술.
* 곡매(曲埋): 술잔 속에 묻는다.
* 홍예지(虹蜺志): 웅대하고 평범하지 않은 포부.
* 부달시(不達時): 세상사에 통달하지 못하다.

어린 시절 모진 상란(喪亂)을 겪은 작자는 가정이 파괴되고 국토가 유린당한 원대 초기의 혹독한 민족 탄압에 시달리면서 가슴에 가득한 억울함과 분노의 심정을 담아두지 못하고 밖으로 토로하곤 하였다. 바로 이러한 시대적 상황을 반영한 이 소령은 술을 제재로 삼고 술에 대한 찬양을 통하여 현실에 대한 전면적인 부정을 표출하였다.

작자는 오로지 술에 취해 있어야만 방해를 받지 않을 수 있고, 술에서 깨어나지 않아야만 근심이 없을 수 있다고 생각하였다. 그가 자신의 원대한 포부를 버리거나 국가의 흥망에 무관심할 수는 결코 없었음에도 불구하고, 술에 모든 것을 묻어버리려 했던 이유는 새 왕조에 대한 희망을 기대할 수 없었기 때문이다. 뜻이 있어도 실현시키기 어려운 상황에 처해 있던 한족 문인들은 그러한 시대적 상황을 극복하기 위해 술로 근심을 풀고자 하였기에, 마침내 멱라강에 스스로 몸을 던진 굴원을 조소하고, 술로 유유자적한 삶을 보낸 도연명을 찬미하였던 것이다.

이 소령에서 작자가 술을 통해 말하려고 한 것은 결코 음주의 즐거움이 아니다. 술에 대한 찬양 뒤에 현실에 대한 부정을 기탁하여, 정치현실에 대한 입장을 분명하게 드러내고 은일의 정서를 호방하게 표하였다. 논설의 형식을 빌려 감정을 서사하여 착상이 기묘하고 음절이 촉급하다. 그래서 이 작품은 소령 중에서도 독특한 풍격을 갖추었다고 후세 산곡작가들의 많은 찬탄을 받았다.

선려 취중천

미인의 얼굴에 난 흑점

양귀비가 살아있는 듯,
어떻게 마외파의 재앙에서 벗어났을까?
일찍이 당 현종을 위해 벼루를 바쳤는데,
아름다운 얼굴 더없이 멋스러워라.
마침내 어쩌다 붓을 휘두르든 이태백,
그녀의 미모에 매혹되어,
먹물을 뿌려 어여쁜 볼에 검은 점을 찍어 버렸구나.

佳人臉上黑痣

疑是楊妃在, 怎脫馬嵬災. 曾與明皇捧硯來, 美臉風流殺. 叵奈揮毫李白, 覷著嬌態, 灑松煙點破桃腮.

* 마외파(馬嵬坡): 지금의 섬서성 서안시 흥평현(興平縣) 서쪽에 있다. 천보 15년(756년) 여름, 안녹산의 난으로 피난길에 오른 현종 일행은 장안을 빠져나와 마외파에 이르렀다. 이때 대장군 진현(陳玄)이 현종에게 양귀비를 비롯하여 그녀의 오빠 양국충과 여동생들을 주살토록 주청하였으며, 결

국 양귀비는 목이 매달려 죽고 양국충도 피살되었다.
* 취중천(醉中天): [선려]에 속하는 곡패 이름이다.
* 양비(楊妃): 양귀비, 즉 양옥환을 가리킨다.
* 송연(松煙): 소나무를 태운 그을음. 먹을 만드는 원료.

당 현종은 만년에 정신이 혼미해져 간신 이임보(李林甫)와 양귀비의 사촌오빠 양국충(楊國忠)을 중용하여 안사의 난을 자초했다. 천보 15년(756) 6월, 반란군이 동관을 함락하고 장안으로 진격하자 다급해진 현종은 양귀비를 데리고 밤중에 궁궐을 빠져 나와 촉도(蜀道)로 향했다. 마외파에 이르러 재앙의 원흉인 양귀비를 처형하지 않으면 한발도 움직이지 않겠다는 장수들의 강요에 못 이겨 현종은 양귀비를 죽음으로 내몰았다.

주덕청의 『중원음운』에 실려 있는 이 소령은 작자가 명기되어 있지 않다. 『태평악부』에서는 두준례(杜遵禮)의 곡이라고 하였으나 본문의 내용이 약간 다르다. 『요산당외기』에서는 『중원음운』에 실린 내용을 수록하고 백박의 작이라고 한 다음, 혹자는 두준례의 작이라고도 한다고 하였다. 『천뢰집척유』와 『견호집(堅瓠集)』에서도 『요산당외기』의 설에 따랐으며, 후세 사람들은 대부분 백박의 작이라 생각했다.

이 소령은 원대산곡 중에서 영물(詠物)의 대표곡이다. 작자는 얼굴에 검은 사마귀가 찍혀있는 미인도를 보고 중국 미인의 대명사 양귀비를 떠올렸다. 그리고는 눈앞의 미인을 마외파에서 죽지 않고 살아남은 양귀비라 하였으니 실로 그 발상이 기발하다 하겠다. 그의 의도는 미인도의 아름다운 여인을 노래로 표현하는 데 있었는데, 여인의 미모에 대해서는 한 글자도 쓰지 않고서도 아름다움을 극도로 묘사하였다.

『합벽사류(合璧事類)』의 기록에 의하면, 술 한 말에 시 백편(斗酒詩百篇)을 지은 이태백이 궁궐에 불려가 시를 지을 때 양귀비에게 벼루를 받들고 당시 최고의 권력 실세였던 환관 고력사에게 신발을 벗기게 했다는 이야기가 전한다. 작자는 이 전설적인 이야기를 빌려 현종의 총애를 받은 그녀의 위상을 묘사하였다.

그리고는 미인도의 검은 사마귀에 시선을 멈추고 무한한 상상력을 발휘하여 그것을 느닷없이 이태백의 걸작이라 하였다. 백거이는 「장한가」에서 양귀비의 아름다움을 "눈동자를 돌려 한번 웃으면 백 가지 아름다움이 생겨나, 궁궐에서 화장한 궁녀들이 얼굴빛을 잃었다네.(回眸一笑百媚生, 六宮粉黛無顔色)" 라고 노래하였다. 그러한 양귀비의 뛰어난 미모 앞에서 붓을 든 이태백은 정신을 잃고 멍하니 쳐다보느라 먹물 묻힌 붓을 그만 양귀비의 얼굴에다 휘둘러버렸다는 것이다. 보통 사람으로서는 상상하기조차 어려운 장면을 작자는 해학적인 필치로써 옛사람들을 조롱하였으나 그 어떤 불쾌감도 주지 않는다.

예술적인 기교면에서도 이 소령의 가장 두드러진 특징은 바로 의표를 찌르는 기묘한 상상력에 있다. 미인도를 보고 누구나 양귀비를 연상할 수는 있겠지만, 미인도의 얼굴에 있는 검은 점을 보고 고력사에게 벼루를 들게 한 이태백의 이야기를 결부시킨 점은 참으로 참신하다.

중려 양춘곡

기미를 알아
知幾

제1수

영욕을 알면서도 입을 꽉 다물고,
누가 옳고 그른지 몰래 머리를 끄덕인다.
시서(詩書) 더미 속에 잠시 머물다가,
조용히 손을 놓고,
죽도록 가난해도 풍류를 즐기리라.

一

知榮知辱牢緘口, 誰是誰非暗點頭. 詩書叢裏且淹留. 閑袖手, 貧煞也風流.

* 중려(中呂): 궁조의 이름으로 주권의 『태화정음보(太和正音譜)』에서는 “중려궁은 오르내림이 변화무쌍하게 노래한다.(中呂宮唱, 高下閃賺)” 라고 하였다.
* 양춘곡(陽春曲): [중려]에 속하는 곡패 이름이다. <희춘래

(喜春來)>라고도 하며, 형식은 '7 · 7, 7 · 3 · 5'로 5구 5운이다. 첫 2구는 일반적으로 대구를 이루어야 한다. 이 곡은 경물을 묘사하면서 감정을 토로하는 데 자주 사용된다.

* 지기(知幾): 사물의 변화의 흔적과 징조를 미리 안다. 일반적으로 재앙을 미리 피하고 몸을 보전할 수 있는 것을 가리킨다.
* 함구(緘口): 입을 닫고 말하지 않는다.
* 엄류(淹留): 오래 머무르다.
* 빈살(貧煞): 극도로 빈곤하다.
* 한수수(閑袖手): 수수방관하고 더 이상 묻지 않는다.

백박의 <양춘곡> 「기미(知幾)」는 모두 4수로 이루어져 있으며, 각각 서로 다른 각도에서 자신의 처세태도를 묘사하였다. 사물의 기미를 알아차린다는 뜻의 지기(知幾)라는 제목에서 작자의 인생관을 엿볼 수 있다. 지기는 눈앞에 펼쳐진 상황에 직면하여 앞으로 일어날 일의 변화를 먼저 알아차리고 거기에 맞게 처신한다는 말이다. 공자는 『주역』에서 "기미를 알면 참으로 신묘한 것인가? 기미란 미묘한 움직임을 아는 것으로 길함을 미리 아는 것이다.(子曰, 知幾其神乎. 幾者, 動之微, 吉之先見者也.)"라고 하였다. 이 곡에서 작자는 시와 술을 낙으로 삼고 벼슬에 뜻을 두지 않은 채 자연과 더불어 살아가면서 현실에 대한 불만과 내면의 고민을 표현하였다.

작자는 영욕과 시비에 대해 분명하게 알면서도 부패한 현실로 인해 폭로하지 않고 입을 꽉 다문 채 몰래 머리만 끄덕일 뿐이다. 입을 다물고 묵묵히 아무 소리도 내지 않으면서 암암리에 자신의 입장을 표명하였는데, 이는 몽고족 통치의 부패와 백성들의 잔혹한 사상적 속박을 표출한 것이다.

후반부에서 작자는 부패한 현실에 오염되지 않고 한적하게 시서(詩書)를 낙으로 삼고 세상사에 수수방관하면서 냉정하게 바라보고 빈곤할 지라도 자랑스럽게 여긴다. 여기에서는 벼슬을 원치 않는 작자의 기개를 읽을 수 있다.

이 곡에서 작자는 영욕이 무엇이고 시비가 무엇인지에 대해 분명하게 말하였지만, 단지 마음속으로만 긍정하였을 뿐, 다른 사람들 앞에서는 함구하고 말하지 않았다. 이러한 것은 그가 현실의 여러 가지 시시비비나 분쟁갈등에 대해서는 수수방관하고 듣는 태도를 취하겠으며, 시와 술과 독서로 세월을 보낼지언정 청빈한 생활을 하면서 풍류자적을 즐기겠다는 것이다. 이러한 명철보신의 처세 원칙은 항상 고대 지식인들이 부패한 사회에 대해 취하는 소극적인 수단이다. 원대라는 특수한 사회에 지식인들은 환경의 험악함을 느꼈기 때문에 시와 술에 정을 기탁하고 현실을 도피한 사람들이 과거 어느 시대보다 더 많았다. 이 작품에 반영된 작자의 개인적인 심리 상황은 실제로는 그 시대 많은 지식인들의 공통된 마음가짐이기도 하였다.

제2수

오늘 술이 있으면 오늘 취하고,
우선 앞에 놓인 술잔을 비우게나 술 마실 날 유한하다네.
넓은 바다를 돌아보아도 먼지만 날리고,
세월은 빨리 흘러,
백발이 되니 옛 친구도 드물구나.

二

今朝有酒今朝醉, 且盡樽前有限杯. 回頭滄海又塵飛. 日月疾, 白髮故人稀.

* 차진(且盡): 잠시(우선) 다 마셔라는 뜻이다.
* 유한배(有限杯): 술을 마실 수 있는 날이 많지 않다는 뜻이다.

이 소령은 「지기」의 두 번째 곡으로 인생은 짧고 세상사는 변화가 많아 작자는 술로써 스스로 즐긴다는 내용이다. 먼저 인생이 짧은데 대해 무한한 감개를 발출함으로써 작자의 비관적이고 실망적인 사상과 내면의 고통을 반영하였다. 한없는 근심으로 인해 술을 빌어 근심을 씻고자 한다. 백박의 부친 백화

(白華)는 일찍이 금왕조에서 고관을 지냈다. 금대 말기에 백박의 모친은 몽고군의 포로로 잡혀가고 백박은 부친과도 헤어져 어린 시절에 상란을 겪었으며, 금나라가 망한 후에는 항상 수심에 잠겨있었다. 제3구는 바로 그러한 현실에 대한 탄식의 토로이다.

후반부에서는 세월이 빨리 지나가 연로한 친구들도 대부분 세상을 떠났다고 하여 한없는 처량함이 내재되어 있다. 작자는 금나라가 망한 후에 금릉(지금의 남경)으로 이주하여 살아남은 노인들을 따라 자연 속에서 마음을 풀고 항상 시와 술을 낙으로 삼았다. 이 곡에는 당시 시인의 생활과 사상이 반영되어 있다.

여기에서 작자는 고단한 인생길과 변화무쌍한 세상사에 작자는 술로써 스스로 즐긴다는 것을 묘사하였다. 급시행락(及時行樂) 사상 속에 인생에 대한 무한한 감개가 내포되어 있다. 표면적으로 보면 호방한 작품 같지만 그 이면은 아주 완려함을 느낄 수 있다. 작자가 침통한 심정으로 술에 의지하여 근심을 잊고자 하였기 때문이다.

제3수

술 때문에 피곤한 것이 아니라 시 때문에 피곤하여,
언제나 시정(詩情)에 괴로운 마음을 지우려 술에 취하노라.
일 년 내내 풍월과 함께 일신을 한적하게 보내며,
쓸모없는 사람은,
시와 술로 천진하게 즐기노라.

三
不因酒困因詩困, 常被吟魂惱醉魂. 四時風月一閑身. 無用人, 詩酒樂天眞.

* 주곤(酒困): 술을 너무 많이 마셔 피곤하다.
* 시곤(詩困): 마음속에 쌓인 답답함을 풀려고 하다 보니 시정(詩情) 때문에 피곤하다.
* 음혼(吟魂): 시를 짓는 감정이다.
* 취혼(醉魂): 술을 빌려 근심을 씻고자 한다.

이 소령은 「지기」 세 번째 곡으로 시와 술을 빌려 근심을 씻고 즐겁게 지내면서 걱정을 잊는다는 내용이다. 먼저 작자는 시를 지으면서 취했는지 술을 마시면서 취했는지 분명하게 말하지 않고, 한해가 다가도록 아무 일도 하지 않으면서 벼슬도 하지 않겠다고 하였다. 이러한 생활에 대해 작자 자신은 만족을 느낀다. 풍월(風月)은 맑은 바람이 불고 밝은 달이 떠오른 아름다운 경치이다. 주변의 경치는 아름답지만 이미 강산의 주인이 바뀌어버렸으니 슬프지 않을 수 없다. 여기에는 조국에 대한 그리움이 내포되어 있다.

이 소령의 마지막에서 작자는 다시 자조 섞인 탄식의 소리를 발출하였다. 자기가 세상에 쓸모없는 사람이기 때문에 시와 술을 벗 삼고 어린아이처럼 천진하게 소요하며 유유자적하게 세월을 보낸다는 것이다. 자신이 결코 쓸모없는 사람이라는 뜻이 아니라 스스로 쓸모 있게 되기를 바라지 않고 벼슬하기도 원치 않겠다는 것이다. 작자는 자신의 깨끗한 명성을 지키기 위해 벼슬을 포기하고 산수자연에 마음을 기탁한 것도 아니었다.

이 곡의 풍격도 호방하다. 시와 술을 빌려 그 즐거움을 자득하고 그 뜻을 자적하면서, 한적한 마음과 천진한 생각을 표현한 동시에 세상사에 대한 무관심한 태도와 자신의 고결한 마음을 표현하였다.

제4수

장량은 한 왕조를 떠나 자신을 보전했고,
범려는 오호로 돌아가서 위험을 멀리했네.
산수를 좋아하는 것이 역시 맞으니,
그대여 잘 살펴보게,
예로부터 그것을 몇 사람이나 알았겠는가?

四

張良辭漢全身計, 範蠡歸湖遠害機. 樂山樂水總相宜. 君細推, 今古幾人知.

* 귀호(歸湖): 호수로 돌아가다. 즉 오호(五湖)로 돌아가서 은거했다는 뜻이다.
* 원해기(遠害機): 환난의 형세를 멀리 했다.

이 소령은 「지기」의 세 번째 곡을 이어받아 산수를 즐기면서 일신을 보전하기 위해 해로운 일을 멀리하고 부귀공명의 꿈을 벗어나지 못하는 세상 사람들을 개탄하였다. 전반부에서는 먼저 장량과 범려의 고사를 예로 들어 자기도 그들처럼 벼슬을 원하지 않는다는 뜻을 은근히 비유하였다. 장량은 한나라가 건

국되고 유후(留候)에 책봉된 후에 벼슬을 버리고 은거하여 신선의 도를 닦았다. 범려는 월나라 왕 구천을 도와 오나라를 멸망시키는 데 결정적인 공헌을 한 후 월나라를 떠나 산동 지역으로 가서 거상이 되어 이름을 도주공(陶朱公)이라 바꾸고 살았다.

후반부에서는 벼슬을 하지 않고 산수를 즐기겠다는 처세태도를 밝힌 다음 세상 사람들이 위험을 멀리하여 자신을 보전할 줄 모르고 부귀공명에 매달리는 것을 개탄하였다. 그리고는 예로부터 위험을 멀리하여 자신을 보전할 줄 알고 산수를 좋아한 사람이 아주 적었다고 마무리하였다.

백박의 「지기」 4수는 내용적으로 서로 밀접하게 연계되어 있으면서 주제와 사상이 매우 집중되어 있다. 표현도 대단히 분명하여 시인의 내면적인 불만과 고민을 충분히 표현해내었으며, 한편으로는 현실의 부패상과 지식인에 대한 사상적 잔혹한 통치를 반영하였다.

예술적인 면에서도 「지기」는 두드러진 특색을 가지고 있다. 먼저 자신의 생활을 서사한 다음 논설적인 필치로 자신의 생활에 대한 견해를 표현하였다. 언어는 소박하고 청신하며 화려하게 수식을 가하지 않았지만 글자의 행간에는 작자의 강렬한 감정이 내포되어 있다.

이 4수의 소령은 서정시로 행간에는 시인의 강렬한 감정이 내포되어 있지만 언어는 청신하고 소박하여 과장적인 필치가 없다. 그리고 진심을 묘사하고 구체적인 서술을 위조로 하면서 서사·논설 속에 현실에 대한 시인의 태도와 사물에 대한 시인의 평가를 나타내었다. 언어를 생동적으로 묘사하여 표현력을 풍부하게 하기 위해 시인은 많은 수사법을 사용하였다. 예를 들면 두 번째 곡에서 유한배(有限杯)를 사용하여 술을 마실 수 있는 날이 유한하고 인생을 짧다는 것을 대신하였고, 회두(回頭)라는 동작을 사용하여 시간이 짧고 빨리 지나가는 것을 대신하였으며, 백발(白髮)을 사용하여 연로한 사람을 대신하였다. 네 번째 곡의 마지막 구에서 사용한 반어법은 어세를 더욱 강조하고 강렬한 감정을 표출하는 역할을 하였다.

「지기」의 풍격은 광달하고 초탈하지만, 광달(曠達) 속에 침울한 기색이 내포되어 있다. 이러한 모순적이고 일관적이지 못한 풍격은 바로 극도의 고민에 처한 작자의 사상이 반영되어 있으면서, 부패한 시대상이 시인의 작품 속에 투영되어 있는 것이기도 하다. 따라서 광달은 단지 일종의 상징일 뿐 침울이 실질적인 것이다.

사랑의 마음
題情

제1수

가볍게 붓을 들어 내 마음을 전하고,
꼼꼼히 접은 하얀 종이에 한 맺힌 글을 쓴다.
가련하게도 사랑의 상처에 익숙지 않아,
좋아한다는 당신의 말 한마디가,
나를 오랫동안 유혹하네요.

一

輕拈斑管書心事, 細摺銀箋寫恨詞. 可憐不慣害相思, 則被你個肯字兒, 迤逗我許多時.

* 반관(斑管): 얼룩무늬 대나무로 만든 붓이다.
* 심사(心事): 내면 깊은 곳에서 생각하는 일이다.
* 은전(銀箋): 흰색 편지지.
* 한사(恨詞): 이별의 근심과 한을 표현한 말이다.
* 이두(迤逗): 유인하다. 유혹하다. 집적거리다.

이 소령은 사랑의 노래로 한 남자에게 유혹되어 사랑에 빠졌다가 다시 버림을 받은 여인의 괴롭고 한스러운 심정을 묘사한 것이다. 남자에게 버림받은 여인의 그리움과 그로 인한 고통을 독백식으로 노래한 가운데 여인에 대한 심리묘사가 세밀하고 감정표현이 뛰어나다. 완약사(婉弱詞)에서 실연한 여인의 복잡한 심정을 묘사할 때 함축적인 수법으로 슬픔에 젖은 마음을 보편적인 심리활동으로 표현하면서 인생의 감회를 그 사이에 기탁하였다면 백박의 곡에서는 사랑 그 자체를 직접적으로 묘사하여 기탁의 여지를 조금도 남겨두지 않았다.

먼저 이 곡의 주인공이 붓을 잡고 편지를 써서 그리움의 감정을 토로하였는데 이것이 전곡 전개의 주축을 이루고 있다. 전체적으로는 여인의 흔들리는 마음에 대한 묘사에 치중하였다. 꼼꼼히 접은 하얀 종이에 한 맺힌 글을 쓴다는 것으로써 마음속으로 참기 어려운 번뇌와 원한을 드러내었다. 언어적인 측면에서 보면 이 곡은 대단히 아름답고 여인의 심리 묘사가 아주 세밀하며, 감정에 대한 표현이 진지하고 감동적이다.

제2수

구름 같은 머리 흐트러져 금비녀 느슨하고,
연지와 분 대충 발라 하얀 얼굴 야위었네.
상심한 마음에 세월 지나 규방은 공허하고,
번잡한 생각에,
근심스레 비취 병풍에 기대본다.

二

鬢雲懶理鬆金鳳, 煙粉慷施減玉容. 傷情經歲綉幃空, 心緒冗, 悶倚翠屛風.

* 빈운(鬢雲): 구름처럼 검고 윤기있는 머리카락.
* 금봉(金鳳): 봉황 문양을 새긴 금비녀.
* 옥용(玉容): 옥 같이 고운 여인의 얼굴.
* 수위(綉幃): 비단에 수를 놓은 휘장으로 여인의 규방을 가리킨다.

이 소령에서는 얼굴이 수척해져 마음이 슬프고 쓰린 규중여인의 그리움과 번민·상심 등을 노래하였는데, 인물의 동적인 모습에 대한 세밀한 묘사를 통해 전체의 주제를 설명하였다.

먼저 근거리에서 여인의 머리모양을 묘사한 다음 머리장식이 헝클어진 모습으로써 여인의 심리적 변화를 설명하였다. 그리고 다시 여인의 얼굴에 화장하지 않은 연지와 분으로부터 여주인공의 의기소침한 모습을 묘사하였다. 인물의 외형에 대한 묘사는 바로 인물의 내면세계를 반영한다. 그녀는 오랫동안 연정 때문에 슬퍼하고 떠나간 연인을 그리워하다 마음이 뒤숭숭하여 종일토록 병풍에 기대어 한숨만 내쉰다.

제3수

고운 부채 꺾어버려 금실 무의(舞衣) 쓸데없고,
술을 따르기도 귀찮아 옥술병이 쓸쓸하네.
그이는 떠난 후 소식이 드물어져,
길게 탄식하니,
향기로운 얼굴에 구슬같은 눈물방울 흘러내리네.

三

慵拈粉扇閑金縷, 懶酌瓊漿冷玉壺. 才郎一去信音疎, 長嘆吁, 香臉淚如珠.

* 금루(金縷): 금루의(金縷衣)로 금색 실로 찬 무의(舞衣)를 말한다. 당나라 때 두춘랑이 부른 곡조 이름도 금루의가 있다.
* 경장(瓊漿): 미주(美酒). 맛있는 술.
* 재랑(才郎): 뛰어난 재능을 가진 청년. 재사(才士). 수재.

이 소령은 사랑하는 정인을 떠나보내고 홀로 남아 소식을 기다리는 여인의 쓸쓸함과 탄식을 노래하였다. 전반부에서는 사랑하는 정인이 없으니 예쁜 모습으로 춤을 출 필요도 없고 술을 따를 일도 없다. 다소 근심하면서 나태한 여인의 모습이다.

그 다음에서는 이러한 수심에 찬 모습을 조성한 원인을 부각시켰으며, 마지막 구에서는 그리움에 젖은 여인의 깊은 근심을 더욱 중점적으로 형용하였다.

제4수

지금까지 좋은 일엔 자연히 험악한 일이 생겼고,
예로부터 오이는 쓴 뒤에야 단맛이 났다네.
어머니가 재촉하고 강요함이,
얼마나 혹독한지,
중간에서 방해할수록 정은 더욱 깊어지네.

四

從來好事天生儉, 自古瓜兒苦後甜. 妳娘催逼緊拘鉗, 甚是嚴, 越間阻越情忺.

* 검(儉): 위험하다는 뜻이다. 『강희자전』에서는 “위험할 험(險)자와도 같다. 『순자』 「부국편」의 하의속험(下疑俗儉) 주에서 검(儉)은 험(險)이라 읽는다.” 라고 설명하였다.
* 니낭(妳娘): 어머니 또는 유모를 가리킨다.
* 구겸(拘鉗): 구속하다. 속박하다.
* 심시엄(甚是嚴): 정말로 대단히 엄격하다.
* 간조(間阻): 중간에서 방해하다.
* 험(忺): 기뻐하다. 즐거워하다. 당시의 방언.

이 소령은 대담하게 행복한 애정을 추구한 찬양시이자, 정숙한 여인이 봉건적 굴레를 벗어던지고 자유로운 사랑을 쟁취하겠다는 자백서이다. 전곡은 순박한 여인의 어투를 빌어 그녀가 마음속으로 사랑하는 사람과 결합하겠다는 결심을 말하였다.

전반부에서는 민간속담과 유사한 구절을 사용하여 마음속의 감개를 개괄적으로 표현하였다. 호사다마(好事多魔)라는 말이 있는데, 아마도 이 여주인공은 자신의 경험으로부터 이러한 민간속담의 실체를 더욱 잘 체험했기 때문에 이렇게 깊은 감개를 표출하였을 것이다. 지금까지 좋은 일에 반드시 수만 가지 험악한 일을 겪은 것은 마치 오이가 혹독한 이슬과 서리를 받은 다음에야 단맛이 나는 것과 같다는 뜻이다. 봉건사회에서 혼인의 자유를 얻는다는 것은 결코 쉽지 않은 일이었다. 따라서 행복한 결합이어야만 진귀하고 달콤함이 배가될 수 있는 것이다.

후반부는 앞의 구에 대한 구체적인 설명이다. 험악한 일이 어디에서 나왔는지 그것의 심각성을 설명한 것이다. 원래 험악한 일은 자연적인 것이 아니라 인위적인 것이다. 그녀와 마음속 연인의 결합을 방해하는 것은 하늘이 아니고 가부장적인 어머니의 억압과 재촉이다. 그녀의 어머니는 협박으로 행동과 자유를 제한하고 억압하여 그녀와 마음속 연인의 왕래를 방해하였다. 이는 봉건예교와 가부장제의 전횡과 잔혹함에 대한 폭로이자 젊은 여인의 호소이다.

이 곡의 언어는 발랄하고 감정은 진지하다. 작자는 정숙한 여인의 어투를 빌려 자유로운 사랑을 줄기차게 추구하는 여성상을 소조하였으니, 여기에는 그녀의 이러한 완강한 정신에 대한 긍정과 찬양이 충만하다. 그것은 청춘남녀들이 자유롭고 행복한 혼인을 쟁취하도록 고무격려 할 것이니, 이는 확실히 반봉건적 의미를 갖추고 있다고 할 수 있다.

제5수

웃으면서 붉은 옷소매로 하얀 초를 가리며,
낭군이 밤새워 공부하도록 내버려두지 않는다.
바싹 다가가서 서로 안고 즐기느라,
여러 번 과거에 응시한들,
급제하길 어찌 기대하리오!

五

笑將紅袖遮銀燭, 不放才郎夜看書. 相偎相抱取歡娛, 止不過迭應擧, 及第待何如.

* 홍수(紅袖): 붉은 옷소매.
* 은촉(銀燭): 눈처럼 하얀 초.
* 질응거(迭應擧): 여러 차례 과거에 응시하다.
* 외(偎): 바싹 다가가다. 포근히 안기다.

이 소령은 단순한 수법을 사용하여 젊은 남녀 사이의 순결하고 천진한 사랑을 표현하였다. 이곡에 사용된 문장은 매우 통속적이고 정조는 매우 가볍지만 서로 사랑하는 남녀에 대한 감정과 심리는 활발하게 표현되었으니 진지하면서도 음란하지 않다고 할만하다.

제6수

바쁜 가운데도 신발을 만들어 찾아가니,
비단 휘장을 감도는 쓸쓸한 창.
앞으로 다가가서 밉살스런 그녀를 끌어안고,
혼수용품을 서두르지 않을 뿐이니,
잘못되어도 어쩌겠는가!

百忙裏鉸甚鞋兒樣，寂寞羅幃冷篆香．向前摟定可憎娘，止不過趕嫁妝，誤了又何妨.

* 교(鉸): 가위로 자르다. 재단하다.
* 혜아(鞋兒): 붉은 비단으로 만든 신발. 기생이 신던 신발.
* 전향(篆香): 일종의 나선형 향. 향가루나 향의 재.
* 루(摟): 끌어안다.
* 가장(嫁妝): 혼수용품. 시집갈 때 가져가는 물건.

이 소령은 묘사가 아주 대담하면서도 솔직한 사랑 노래이다. 작자가 묘사한 것은 경박한 남자이다. 그는 일을 하다가 틈을 타서 여인의 방에 몰래 숨어들어가 그녀의 정조를 훔친다. 주인공의 행위는 방종하고 대담하다. 그는 제삼자가 나타기 전까지 상대방을 끌어안고 즐거움을 추구한다. 그는 둘 만의 사랑을 이루기 위해 달콤한 말로 여인을 유혹하여 처리해야할 혼수품도 쓰지 않고 이 즐거운 시간을 잘 보낸다.

이 곡에 표현된 남녀가 즐겁게 사랑하는 모습과 심리 및 가벼운 필법은 앞의 곡과 비슷하다고 할 수 있다. 전체적으로 문장은 평이하고 통속적이며 직설적이어서 산곡의 본색적 기풍이 잘 나타나 있다.

월조 소도홍

가희 조씨(趙氏)는 항상 친구 가의(賈誼)와 친하게 지내 그를 강가로 데려 가서 여러 달 머무르곤 하였다. 후에 내가 등(鄧)을 지나면서 왕래하며 술잔을 권하다가 감흥을 받아 이것을 짓고 즉석에서 노래하게 하였다.

歌姬趙氏, 常爲友人賈子正所親, 携之江上, 有數月留. 後予過鄧, 往來侑觴. 感而賦此, 俾即席歌之.

탐스런 쪽머리 날리는 귀밑머리 살짝 단장하여,
차례차례 술잔 앞에서 노래하네.
당시 강가에서 만났을 때보다,
얼굴이 여위었지만,
옛 친구는 이별 후에도 아무 탈이 없겠지.
상심함이 남아있어,
연한 금과 비단 옷소매,
가충(賈充)의 향기를 가져왔나.

雲鬟風鬢淺梳粧, 取次樽前唱. 比著當時□江上, 減容光, 故人別後應無恙. 傷心留得, 軟金羅袖, 猶帶賈充香.

* 월조(越調): 궁조의 이름으로 『태화정음보』에서는 “월조는 마음껏 표현하면서도 냉소적으로 노래한다.(越調唱陶冶冷笑)”라고 하였다.
* 소도홍(小桃紅): [월조]에 속하는 곡패의 이름이다.
* 운환(雲鬟): 여자의 탐스런 쪽진 머리. 구름 같은 쪽머리.
* 풍빈(風鬢): 바람에 나부끼는 귀밑머리.
* 취차(取次): 순서대로, 차례로.
* 가충(賈充): 진(晋)나라 혜제 가후(賈後)의 아버지이다. 가충은 어린 딸 가오(賈午) 자신의 부하 한수(韓壽)를 사랑하여 황제가 자신에게 내린 서역의 기이한 향을 한수에게 가져다주었다는 사실을 알고 딸을 한수에게 시집보냈다. 남녀 사이에 사사롭게 정을 통한다는 뜻으로 투향(偸香)이라는 말이 있다.

이 소령은 서언에서 곡 중 인물이 조씨 성을 가진 가희(歌姬)라는 것을 분명히 밝혔다. 작자는 직설적인 필법으로 가희의 아름다움을 묘사하였다. 전반부에서는 먼저 여인의 머리 장식과 얼굴 화장을 구체적으로 설명한 다음 노래로 손님을 접대하는 기예를 묘사하였다. 후반부에서는 이 여인에 대한 추모의 정을 표현하였다. 마음속의 사람을 생각하면서 그 사람의 용모와 옷장식 · 화장 · 분위기로부터 대상을 끌어내어 주제에 맞게 그리운 인물을 묘사하였다. 언어가 결코 화려하지 않지만 가희의 용태와 두터운 정에 대한 묘사는 깊은 인상을 준다.

월조 천정사

봄

봄날의 산 따스한 햇살 부드러운 바람,
난간 있는 누각의 창살에 드리워진 발,
버드나무에 매달린 그네 놓인 뜰 안.
지저귀는 꾀꼬리와 춤추는 제비,
작은 다리 아래 흐르는 물에 나부끼는 붉은 꽃잎.

春

春山暖日和風, 闌干樓閣簾櫳, 楊柳秋千院中. 啼鶯舞燕, 小橋流水飛紅.

* 천정사(天淨沙): [월조]에 속하는 곡패의 이름이다.
* 염롱(簾櫳): 주렴이 걸려있는 창문. 롱(櫳)은 창문틀인데 여기서는 모든 창문을 지칭한다.
* 비홍(飛紅): 떨어지는 꽃잎. 낙화(落花).

이 소령에서는 따뜻한 봄날의 산뜻한 풍경을 노래하였다. 작자는 눈앞에 펼쳐진 봄의 특징을 자세히 관찰하여 한 폭의 풍경화처럼 맑고 부드럽게 스케치하였다. 전반부에서는 먼저 봄날의 산, 따뜻한 햇살과 부드러운 봄바람, 누각의 난간과 창문, 정원의 버드나무와 그네를 묘사하였다. 여기에는 동사가 하나도 없지만 봄의 정서가 가득하고 생기가 넘치는 느낌을 주어 아름다운 봄풍경에 대한 애정과 무한한 동경을 불러일으킨다. 작자는 봄날의 특징을 포착하여 자연경물에 대해 묘사하면서 인물의 감정과 행동을 함께 넣었다. 푸른 산, 맑은 태양, 온화한 바람은 자연경물에 대한 관찰로 얻은 느낌이고, 누각의 발은 이미 걷히고 여인은 난간에 비스듬히 기대어 아름다운 경치를 감상하고 있으며, 정원의 무성한 버드나무에서 여인들이 그네를 타고 있다.

후반부에서는 지저귀는 꾀꼬리와 춤추는 제비, 작은 다리, 흐르는 물, 붉은 꽃잎 등으로 더 구체적인 묘사를 덧붙였다. 이것은 늦은 봄에 강남에 풀이 자라고 꾀꼬리와 나비가 날아다니며 제비가 지저귀는 등 생기 넘치는 봄날의 모습이다. 이외에도 대자연과 생활에 대한 열렬한 사랑을 묘사하여 정적이면서 동적으로 경물에 감정을 이입하였다.

이 곡의 풍격은 청려하고 완약하며 언어는 간결하다. 과도한 수식을 가하지 않아 저속함으로 떨어지지 않았고, 순전히 백묘의 수법을 사용하였다.

여름

구름 걷히고 비 지나가자 물결은 더욱 출렁이고,
높은 누각 아래 물은 차갑고 오이는 달콤하다.
푸른 나무 드리운 그늘 사이로 아름다운 처마.
비단 휘장과 등나무 자리,
미인이 얇은 비단옷 차림으로 부채를 부치네.

夏

雲收雨過波添, 樓高水冷瓜甜, 綠樹陰垂畫簷. 紗幮藤簟, 玉人羅扇輕縑.

* 등점(藤簟): 등나무나 대나무로 만든 시원한 자리.
* 옥인(玉人): 옥처럼 하얀 미인.
* 경겸(輕縑): 가볍고 얇은 비단옷.

이 소령은 작자의 관찰과 체험을 바탕으로 한여름의 풍경과 생활을 묘사하여 정취가 충만하다. 전반부에서는 먼저 비가 그쳐 강물이 출렁이고 구름 한 점 없이 맑은 날의 느낌을 묘사하였는데, 누각안의 사람은 한풀 꺾인 더위에 달콤한 오이를 먹으니 더없이 상쾌하고 편안하다. 이 때 아름다운 처마 앞의 푸른 나무가 집 앞에 드리워져 뜨거운 햇살을 가려주고 있다.

후반부에서는 높은 누각에 차려 놓은 음식과 아름다운 여인, 여름 특유의 경물을 포착하였다. 방안에는 파리와 모기를 피하기 위한 비단 휘장이 쳐져있고 앉거나 누울 수 있는 등나무 자리도 있고, 미인이 얇은 비단옷을 입고 거기에 앉아서 가볍게 비단부채를 흔들고 있다.

이 곡은 표현수법에서 두드러진 특징을 가지고 있다. 그것은 멀리서 가까운 곳으로, 바깥에서 안으로 그 순서가 대단히 분명하다. 작자는 먼저 높은 누각에서 멀리 하늘과 강물을 바라보고, 계속해서 비가 그쳐 시원해진 강물과 달콤한 오이를 묘사하였다. 이것은 작자의 느낌이다. 작자는 멀리 보이는 풍경에서 자신까지, 다시 눈앞으로 와서 처마 앞의 푸른 나무와 나무그늘이 무더운 햇살을 가리고 있는 것을 묘사하였다. 제일 마지막에서는 누간안의 미녀가 시원한 자리에 앉아서 비단 부채를 가볍게 부치고 있는 것을 묘사하였다. 그녀의 옷은 가볍고 얇아 마치 풍만하고 파리한 그녀의 피부를 볼 수 있는 것 같다. 이러한 표현수법은 순서가 분명한 것이다.

언어적인 면에서 대구와 주술구조(雲收, 雨過, 波添, 樓高, 水冷, 瓜甜)를 번갈아 사용하여 눈앞의 경물과 느낌을 부각시켰다. 그리고 푸른 나무(綠樹), 드리워진 그늘(陰垂), 아름다운 처마(畫簷), 비단 휘장(紗幮), 등나무 자리(藤簟) 등 다섯 개의 명사만 번갈아 사용하고 동사는 하나도 사용하지 않으면서 동적인 모습을 떠올리게 한 후. 가볍게 부채를 부치는 여인의 자태를 독자들 앞에 펼쳐내었다.

가을

외딴 마을 석양 저녁노을,
옅은 안개 고목 까마귀,
한 점 날아가는 기러기 그림자 아래.
푸른 산 푸른 물,
하얀 풀 붉은 단풍잎 노란 꽃.

秋

孤村落日殘霞, 輕煙老樹寒鴉, 一點飛鴻影下. 青山綠水, 白草紅葉黃花.

* 고촌(孤村): 외딴 마을.
* 잔하(殘霞): 저녁노을.
* 경연(輕煙): 옅은 안개.

이 소령은 백박의 가장 대표작으로 추사(秋思)의 시조라 일컬어지는 마치원의 [월조] <천정사> 「추사」와 아름다움을 견줄 수 있을 정도이다. 첫 두 구에서는 외딴 마을(孤村), 석양(落日), 저녁노을(殘霞), 옅은 안개(輕煙), 고목(老樹), 까마귀(寒鴉)로써 소슬하고 처량한 가을 분위기를 연출하였다. 여기에서 작자는 정적인 이미지에 동적인 경물을 덧붙여 전작품의 분위기를 동적으로 만들었다.

그리고 다시 푸른 산(靑山), 푸른 물(綠水), 하얀 풀(白草), 붉은 단풍잎(紅葉), 노란 꽃(黃花)을 덧붙여, 청 · 녹 · 백 · 홍 · 황의 오채색으로 소슬한 가을풍경에 활기를 불어넣고 이별과 그리움에 밝은 정서를 더해주었다.

겨울

나팔소리 울리는 성문 망루,
반정(半庭)에 초승달 떠오르는 황혼,
눈 덮인 산 앞의 개울가.
대울타리 초가집,
희미한 연기 시든 풀 외딴 마을.

冬

一聲畫角樵門, 半庭新月黃昏, 雪裏山前水濱. 竹籬茅舍, 淡煙衰草孤村.

* 화각(畫角): 나팔의 일종으로 옛날 군대에서 사용하였다. 주로 대나무나 가죽으로 만들었다.
* 초문(譙門): 성문 위에 세운 망루의 문.
* 반정(半庭): 반쯤 보이는 뜰.

이 소령은 겨울의 편안하고 고요한 분위기를 묘사하였다. 전체적으로 참담하고 쓸쓸한 가운데 그림이 담박하면서 청아하다. 이곡에서는 겨울의 스산한 분위기를 묘사하여 우리에게 겨울철 특유의 침울하고 번민에 싸인 느낌을 준다. 여기에서 작자는 나팔(畵角), 망루(譙門), 반쯤 보이는 뜰(半庭), 초승달(新月), 황혼(黃昏), 눈(雪), 산(山), 물(水), 대울타리(竹籬), 초가집(茅舍), 희미한 연기(淡煙), 시든 풀(衰草), 외딴 마을(孤村) 등 열세 가지 경물을 사용하여 한 폭의 겨울 풍경화를 구성하였다.

황혼 무렵 초승달이 막 떠오르자 성루(城樓) 아래의 뜰은 반쯤 밝고 반쯤 어둡다. 산 앞 개울가는 모두 흰 눈으로 뒤덮였는데 성루 아래는 시든 풀이 들판에 널려있다. 희미하게 피어오르는 밥 짓는 연기 속에 외딴 마을에서 조용히 누워서 보니 대울타리 초가집이 보일 듯 말 듯 한다. 이러한 정경은 너무도 감동적이어서 사람의 슬픔을 자아내게 한다. 그런데 이 곡의 서두에서는 나팔소리가 순식간에 겨울의 적막함을 깨뜨려 겨울의 경색에 활기를 더해주었다.

봄

따스한 바람 불고 해가 늦게 지는 봄날,
혈색 좋은 얼굴 검은 머리 젊은 청년,
손에 술통 들고 시동을 데리고 노둔한 말을 탔네.
산 계곡 아름다운 곳에서,
봄놀이에 빠져 돌아가지 않으려네.

春

暖風遲日春天, 朱顏綠鬢芳年, 挈榼携童跨蹇. 溪山佳處, 好將春事留連.

* 지일(遲日): 낮이 길어 해가 늦게 진다는 뜻으로, 봄날이나 낮이 긴 날을 이르는 말.
* 주안(朱顏): 젊어서 혈색이 좋은 얼굴.
* 녹빈(綠鬢): 검고 윤택이 있는 머리카락.
* 설합(挈榼): 물통을 들다.
* 과건(跨蹇): 노둔한 말을 타다.

이 소령에서 작자는 아름다운 꽃이나 푸른 버드나무 등 봄날을 대표하는 경물을 직접적으로 묘사하는 대신에 봄놀이 떠나는 젊은 청년의 모습을 통해 햇살이 따사롭고 생기발랄한 봄경치를 함축적으로 펼쳐내었다.

이하 4수의 소령은 『양춘백설』에서는 백박의 작이라 하였고, 『태평악부』에서는 주정옥(朱庭玉)의 작이라 하였다. 이 두 책 다 양조영(楊朝英)이 편찬한 것으로 이렇게 일치하지 않은 연유에 대해 수수삼은 "양조영이 처음에 『양춘백설』을 편찬하면서 백박의 작이라 잘못 밝혔고, 나중에 『태평악부』를 편찬하면서 그것을 교정하였다." (『전원산곡』)라고 하였다. 수수삼은 백박과 주정옥의 작품에 이 곡을 모두 수록하였다.

여름

들쑥날쑥한 죽순 밭에서 벼슬을 버리고,
늘어진 수양버들 아래에 재물을 쌓아두고,
녹음이 우거진 뜰 안의 홰나무 아래를 맴도네.
남풍으로 울분을 풀고,
즐겁게 번잡한 마음을 씻노라.

* 해온풍(解慍風): 남풍을 말한다. 순임금이 오현금을 타면서 남풍시를 지었는데, 그 시에 "남풍이 솔솔 불어, 우리 백성들의 울분을 풀 수 있겠네. 남풍이 때맞춰 불어야, 우리 백성들 재산을 늘릴 수 있겠네.(南風之薰兮, 可以解吾民之慍兮, 南風之時兮, 可以阜吾民之財兮)"라고 하였다.

夏

參差竹筍抽簪, 纍垂楊柳攢金, 旋趁庭槐綠陰. 南風解慍, 快哉消我煩襟.

* 추잠(抽簪): 의관을 고정시키는 비녀를 뽑는다는 뜻으로, 벼슬을 그만 둠.
* 찬금(攢金): 재물을 쌓아두다.
* 해온(解慍): 울분을 풀다.

이 소령에서 죽순과 수양버들을 사용하여 여름의 정경을 나타내고, 순임금의 해운풍 이야기를 빌려 속세의 번잡한 이욕을 멀리하고 은거생활을 즐기려는 작자의 의지를 표명하였다.

가을

뜰 앞에 떨어진 오동나무 잎,
물가에 활짝 핀 연꽃,
시인과 생각이 같음을 알겠노라.
가지에서 떨어진 서리 맞은 잎,
내게로 날아와서 단풍잎에 시를 짓노라.

秋

庭前落盡梧桐, 水邊開徹芙蓉, 解與詩人意同. 辭柯霜葉, 飛來就我題紅.

* 부용(芙蓉): 연꽃을 가리킨다.
* 사가(辭柯): 가지에서 떨어지다.
* 제홍(題紅): 단풍잎에 시를 적는다. 당나라 희종 때 한 궁녀가 단풍잎에 "흐르는 물을 어찌도 저리 급할까, 깊은 궁궐은 종일토록 한가한데(流水何太急, 深宮盡日閑)" 라는 시를 썼는데, 그것이 궁궐 배수로를 따라 궁궐 밖으로 흘러갔다. 어떤 서생이 그것을 주워 잘 간직하고 있다가 후에 두 사람이 만나 서로 인연을 이루었다고 한다.

이 소령에서는 먼저 작자가 정원에서 바라 본 가을 풍경을 개괄하였다. 뜰 앞과 물가라는 대표적인 지점은 작자가 사방을 배회하며 찾는다는 의미를 암시한다. 그리고는 단풍잎에 시를 적어 인연을 이룬 홍엽제시(紅葉題詩)를 빌려 자신의 그러한 감정을 기탁하였다. 다정다감한 작자의 눈앞에 단풍잎이 날아왔다는 것은 완전히 동적이면서 사랑을 이루겠다는 목적이 함축되어 있다.

겨울

문 앞에는 눈송이가 꽃처럼 나부끼는데,
술잔 앞에서 만사를 말하지 말고,
동군(東君)에게 봄소식을 물어본다.
황급히 사람들에게 찾도록 하지만,
어린 매화가 강가에서 먼저 아는구나.

冬

門前六出花飛, 樽前萬事休提, 爲問東君消息. 急教人探, 小梅江上先知.

* 육출(六出): 눈을 이르는 말이다. 눈의 모양이 꽃같이 여섯 개의 꽃잎으로 이루어진데서 이른다. 육출화(六出花)라고도 한다.
* 동군(東君): 봄의 신. 또는 태양의 신. 음양오행에서, 동(東)을 봄에 대응시켜 봄을 맡고 있는 신을 나타낸 데서 유래한다.

이상 4수의 곡은 사계절의 풍경에 대하여 아주 고상하면서 아름답게 묘사하였을 뿐만 아니라 사계절의 생활정취에 대해서도 묘사하였다. 봄은 경치가 아름다운 데 놀러가서 돌아가는 것도 잊을 정도로 즐겁게 논다. 여름에는 한적한 생활의 가장 좋은 모습이다. 가을은 작자가 자기의 정취를 대자연에 부여하여 자연의 경물을 더욱 생동적이고 더욱 잊지 못하게 한다. 겨울은 세상사에 번잡하게 얽매이지 않으려는 작자의 한적한 마음을 나타낸 것이다. 이 4수의 곡은 언어도 매우 수려하다.

쌍조 주마청

피리소리

바위를 깨뜨리고 구름을 뚫을 듯,
옥피리 소리는 더욱 맑고 깨끗한데.
서리 내리는 밤하늘 광활한 사막,
자고새는 바람 타고 비스듬히 날아간다.
봉황대 위로 저녁구름에 가려지고,
놀란 매화는 석양에 눈처럼 떨어지네.
인적은 고요한데,
피리소리에 강루(江樓)의 달도 지는구나.

吹

裂石穿雲, 玉管宜橫清更潔. 霜天沙漠, 鷓鴣風裏欲偏斜. 鳳凰臺上暮雲遮, 梅花驚作黃昏雪. 人靜也, 一聲吹落江樓月.

* 쌍조(雙調): 궁조의 이름으로 『태화정음보』에서는 “쌍조는 민첩하면서도 격렬하게 노래한다.(雙調唱健捷激裊)” 라고 하였다.

* 주마청(駐馬聽): [쌍조]에 속하는 곡패의 이름이다.

* 열석천운(裂石穿雲): 돌을 깨뜨리고 구름을 뚫고 지나간다는 뜻으로, 옥피리 소리의 웅장한 기세를 형용한 것이다.
* 옥관(玉管): 취주악기인 피리의 일종이다.
* 의횡(宜橫): 가로로 불기에 적합한 것으로 피리를 가리킨다.
* 청갱결(淸更潔): 맑고 아정한 피리소리를 형용한 것이다.
* 봉황대(鳳凰臺): 지금의 남경시 남쪽에 있는 누각이다. 육조시대 송나라 원가 16년에 봉황이 이곳에 모여들어 산 앞에 누각을 짓고 봉황대라는 이름을 붙였다고 한다.

이 소령은 예인의 고도로 뛰어난 피리 연주 기술을 묘사한 것이다. 작자는 피리소리에 대한 찬미를 통하여 피리 연주자의 정교한 기예와 미묘한 예술 효과를 나타내었다. 먼저 첫 두 구에서 은은하고 즐거우며 격조가 아정한 피리소리를 개괄적으로 묘사하였다. 이어서 가을의 광활한 사막에서 자고새가 피리소리를 듣고 빠져드는 것과 피리연주의 예술적 매력을 묘사하였다.

후반부에서는 피리소리가 봉황들을 불러와 마치 한 조각 저녁구름 같고, 눈이 흩날리는 듯한 매화와 꽃잎을 놀라게 할 수 있다는 것을 묘사하였다. 봉황대 유적은 지금의 남경성 서남쪽에 있는데, 육조 송나라 때 세운 것으로 이 누대를 짓기 전에 봉황이 이곳에 날아들었기 때문에 붙여진 이름이라고 한다. 이태백은 「황학루문적시(黃鶴樓聞笛詩)」에서 “황학루에서 옥피리를 부니, 강성에는 5월에 매화가 떨어지네.(黃鶴樓中吹玉笛, 江城五月落梅花.)” 라고 하였다. 옥피리의 아름다움을 노래한 것으로, 백박이 이태백의 시구를 차용한 것도 이러한 의미가 내포되어 있다. 그리고 마지막 2구에서는 다시 한걸음 더 나아가 피리소리를 묘사하였다. 밤이 깊어 사람들은 조용하게 예인이 부는 피리소리를 듣고 있고, 강루의 밝은 달도 피리소리를 들으며 서서히 떨어진다.

이 곡은 구성이 정교하면서 상상력이 풍부하고, 언어는 과장적이면서 형상은 두드러진다. 피리소리의 아름다움을 묘사하였으면서도, 그것을 직접적으로 말하지 않고 구체적인 형상을 빌어 세심하게 묘사하였다. 여기에 이어진 형상은 비유법을 사용하여 예술성이 풍부하다. 백박의 이 소령은 묘사 각도가 매우 신선한데, 그것은 피리 부는 예인을 묘사하지 않고 시인의 사상 감정도 묘사하지 않으면서 피리소리 묘사에 힘을 기울였으니, 이것은 또한 작자의 세밀한 생활 관찰력을 나타낸 것으로 인상이 깊다.

비파소리

눈처럼 고아한 비파의 선율,
가느다란 열손가락 따뜻하고 부드럽네.
숲속의 꾀꼬리와 산속의 계곡물 소리,
깊은 밤 비바람이 줄 위로 떨어진 듯.
갈대꽃 언덕 위에 배를 마주하니,
슬픈 현은 근심에 잠겨 야윈 사람 같구나.
두 눈엔 눈물이 가득해지네,
강주사마 백거이가 떠나간 뒤에.

彈

雪調冰絃，十指纖纖溫更柔. 林鶯山溜，夜深風雨落絃頭. 蘆花岸上對蘭舟，哀絃恰似愁人消瘦. 淚盈眸，江州司馬別離後.

* 설조(雪調): 고아한 곡조.
* 빙현(冰弦): 비파 현의 미칭. 전설에 의하면 빙잠사(氷蠶絲)로 만든 비파의 현이라는 뜻에서 붙여진 이름이라고 한다. 빙잠(氷蠶)은 옛 중국 전설에 서리와 눈 속에서 난다는 누에인데, 이 누에고치실로 짠 베는 물에 젖지 아니하고 불에 타지도 아니한다고 한다.
* 난주(蘭舟): 배의 미칭.
* 강주사마(江州司馬): 중당 시인 백거이를 가리킨다.

이 소령은 비파소리의 고아한 선율을 노래하였다. 마치 그 소리가 숲속의 꾀꼬리가 지저귀는 소리 같고, 산속의 샘물소리 같다가 홀연히 깊은 밤에 나는 비바람소리 같다고 표현하였다. 여기에서 작자는 당나라 시인 백거이의 「비파행(琵琶行)」 고사를 인용하였다.

백거이는 황제에게 간언을 올리는 좌습유에 있다가 권신들의 부정부패를 비판하였다는 이유로 권신들의 미움을 받아 강주사마(江洲司馬)로 좌천되었다. 이때 그는 심양강 강가에서 친구를 전송하다가 문득 배에서 들려오는 비파소리에 이끌리어 비파를 연주하는 한 여인을 만나게 되었다. 그 여인은 젊은 시절 명성을 날린 기생이었으나 나이가 들어 인기가 떨어지자 어떤 장사꾼의 아내가 되었다고 하면서 자신의 기구한 운명을 하소연하듯 쏟아내면서 비파의 선율에 그 한을 담은 듯 했다.

이 이야기를 들은 백거이는 「비파행」을 지어 권신들에게 미움을 사서 지방으로 좌천된 자신의 처량한 신세를 비유하였다. 따라서 작자는 이 곡을 통해 다시 백거이의 신세에 자신의 모습을 투영하고 있다.

전체적으로 이 곡은 형상화 된 사물을 빌려 추상적인 비파현의 소리를 비유하고, 백거이의 「비파행」 전고를 사용하여 사람들을 한없이 깊은 생각에 잠기게 하였다.

노랫소리

「양춘백설」처럼 고아한,
노랫소리 서풍을 타고 남의 애를 여러 번 끊는구나.
꽃피는 봄날의 달밤,
그중에 오직 「두위랑(杜韋娘)」이 최고라네.
앞소리는 서서히 밝아져 들보를 맴돌고,
뒷소리는 함께 은하수에 이르는데.
운치가 은은하여,
작은 누각엔 밤새워 구름이 오락가락 하네.

歌

白雪陽春, 一曲西風幾斷腸. 花朝月夜, 箇中唯有杜韋娘. 前聲起徹繞危梁, 後聲並至銀河上. 韻悠揚, 小樓一夜雲來往.

* 백설양춘(白雪陽春): 초나라의 고상한 악곡의 이름인 「양춘백설(陽春白雪)」을 가리킨다.
* 화조(花朝): 꽃피는 아침. 음력 2월 보름을 달리 이르는 말이다. 또는 꽃이 만발한 봄날을 통칭하기도 한다.
* 두위랑(杜韋娘): 원래 가녀(歌女)의 이름인데 후에는 곡조명이 되었다. 유우석의 시에는 “봄바람에 흥겨워 「두위랑」을 부른다.(春風一曲杜韋娘)” 라는 구가 있다.
* 여음요량(餘音繞梁): 매우 아름다운 노랫소리 또는 노랫소

리가 매우 아름다워 귓전에 여운이 계속 맴돈다는 뜻이다. 요량여음(繞梁餘韻)이라고도 한다. 『열자』「탕문(湯問)」 편에 이에 관한 고사가 실려 있다. 전국시대에 한아(韓娥)라는 여자의 노랫소리가 너무도 애절하여 노래를 다 부르고 떠난 뒤에도 그 여음이 옹문(雍門)의 대들보를 싸고돌아 사람들이 그녀의 노랫소리를 듣는 듯 착각하였다고 한다.

이 소령은 노랫소리의 매력을 묘사하였다. 곡조가 고아하여 감동적이고 여음이 들보를 맴돌고, 하늘에 떠가는 구름도 배회하며 작은 누각 위에 머문다. 여기에서 작자는 노랫소리의 아름다움을 직접적으로 묘사하지 않고 많은 형상화된 비유를 통하여 표현하였다.

먼저 고대의 악곡 「양춘백설」을 통해 노랫소리의 고아함을 찬미하였다. 옛날 전국시대 초나라 영도(郢都)에 노래하는 사람이 있었는데, 처음에 「하리파인(下里巴人)」을 노래하자 성안에 그것을 따라 노래하는 사람이 수천 명이나 되었고, 나중에 「양춘백설」을 노래하자 그것을 따라 노래할 수 있는 사람이 수십 명에 불과하였다.(『文選』「宋玉對楚王問」) 즉 노랫소리가 너무 고아하여 아무나 쉽게 따라 부를 수 없었다는 뜻이다.

다음으로 「두위랑」의 매혹적인 노랫소리를 들어 들보를 맴도는 여음의 감동이 멀리 은하수까지 울려 퍼지는데 그 운치에 하늘에 떠가는 구름도 누각 위를 배회하며 머물게 한다.

춤

봉황모양 쪽진 머리 하늘을 찌르고,
가느다란 허리 너무도 부드럽네.
가벼운 적삼 연꽃 같은 발걸음,
한나라 조비연의 풍류스런 옛 모습이네.
북을 느긋하게 쳐서 「양주곡」을 감상하니,
자고새가 비단 옷깃에 날아오르네.
비단으로 짠 선물 주며,
유랑(劉郎)은 바람 앞의 버들가지인양 오인하네.

舞

鳳髻蟠空, 嫋娜腰肢溫更柔. 輕衫蓮步, 漢宮飛燕舊風流. 謾催鼉鼓品梁州, 鷓鴣飛起春羅袖. 錦纏頭, 劉郎錯認風前柳.

* 봉계반공(鳳髻蟠空): 머리에 봉황새 모양의 쪽진 머리가 위로 솟아 있다는 뜻이다.
* 요나(嫋娜): 가볍고 부드러우면서 가늘고 긴 모양.
* 타(鼉): 악어의 일종으로 껍질은 북 가죽을 만드는 데 제일 좋은 재료이다.
* 조비연(趙飛燕): 본명은 조의주(趙宜主), 호는 비연(飛燕)이다. 성양후(成陽侯) 조임(趙臨)의 딸이다. 조비연은 중국 민간역사에서 전기적 요소를 지닌 미녀로서 가냘픈 몸매에 가

무를 잘해 날렵한 제비라는 뜻의 비연(飛燕)이라고 불렸다. 궁녀 출신의 후궁이었으나 서한 성제(成帝) 유오의 총애를 받았다

* 양주(梁州): 음악 이름으로 서량국(西涼國)에서 바친 악곡이라고 한다.

* 전두(纏頭): 머리에 두름. 노래하거나 춤추는 사람에게 그 재예(才藝)를 칭찬하여 상으로 주는 물건. 해웃값 또는 화대(花代)라고도 하며, 비단 같은 것을 머리에 둘러 주었기에 전두라고 한다.

* 유랑(劉郎): 당대 시인 유우석(劉禹錫)을 일컫는 말인데, 여기서는 연회석 앞의 관중들을 가리킨다.

춤을 묘사한 이 소령은 중점을 인체의 조형예술에 놓고 춤추는 사람의 자태를 포착하였다. 곡의 첫 부분에서는 두발 형식과 체형으로부터 묘사를 전개하여 외부를 직접 보는 수법으로써 인물의 외형을 묘사함으로써 독자들에게 주인공의 아름다운 자태를 소개하고 있다. 계속해서 춤의 구체적인 형상을 묘사하였는데, 여기에는 춤출 때의 걸음걸이 · 손모양 · 몸놀림 등의 동작이 포함되어 있다.

작자는 춤이라는 주제를 부각시키기 위해 풍부한 수사기교를 다양하게 운용한 동시에 장면 분위기에 대한 묘사를 빌려 춤추는 사람의 뛰어난 기예를 부각시키고 이로써 전곡의 예술성을 심화시켰다.

쌍조 침취동풍

어부

누런 갈대 언덕 하얀 부평초 나루,
푸른 버들 강둑 붉은 여뀌 여울.
생사를 함께 할 친구는 없어도,
만사를 잊게 할 벗들은 있다네.
가을 강에 점점이 내려앉은 백로와 갈매기,
인간세상의 만호후(萬戶侯)를 멸시하며,
자욱한 물안개 속에 낚시하는 무식한 어부여.

漁夫

黃蘆岸白蘋渡口, 綠楊隄紅蓼灘頭, 雖無刎頸交, 卻有忘機友. 點秋江白鷺沙鷗, 傲殺人間萬戶侯, 不識字煙波釣叟.

* 침취동풍(沈醉東風): [쌍조]에 속하는 곡패의 이름이다.
* 문경교(刎頸交): 생사를 함께할 친구로 『사기』에 나오는 말이다.
* 망기우(忘機友): 속세의 일이나 욕심을 잊도록 해주는 친구. 여기서는 자신의 마음을 이해해 줄 수 있는 백로와 갈매기

를 가리킨다.

* 만호후(萬戶侯): 한나라 초기에 공신을 후(侯)에 봉하고 공이 큰 후는 1만호의 식읍을 내리고 만호후라 하였다. 여기서는 고관대작을 가리킨다.

이 소령은 『중원음운』에서는 작자를 표기하지 않았으나, 『요산당외기』에는 백박의 작품에 들어있다. 『성세신성』과 『사림적염』·『사학』에서는 <신수령> 「월왕대무도사적성루(越王臺無道似摘星樓)」 투수의 한 곡으로 들어있다. 『사림적염』에서는 이 투수를 조명도(趙明道)의 잡극 「범려귀호(範蠡歸湖)」의 제4절이라 하였고, 『사학』에서는 범자안(範子安)의 작이라 하였다.

이 소령은 이상적인 어부 형상을 통하여 조용하면서도 한적한 생활을 꿈꾸는 작자의 심경을 묘사하였다. 여기에 묘사된 강변의 경치는 색채가 선명하고 의경(意境)이 광활하여 사람들에게 아름다움을 느끼게 한다. 자연에 마음을 기탁하고 출사를 바라지 않으며 부귀공명을 멸시하고 은거생활을 찬양하는 것은 중국 고전시가에서 흔히 볼 수 있는 주제이다. 그러나 다른 곡들에 비해 백박의 이 곡에는 당시 통치자에 대한 부정과 불만이 더욱 철저하게 표현되었다.

이 곡의 전반부에서는 어부가 마주하고 있는 경물을 묘사하였다. 누런 갈대(黃蘆), 하얀 부평초(白蘋), 푸른 버들(綠楊), 붉은 여뀌(紅蓼)는 강남 수향(水鄉) 특유의 경물로서 다채롭고 아름다운 모습이다. 여기에서 작자는 이 네 가지 이미지의 색상에도 심혈을 기울여 황·백·녹·홍을 서로 조화시켜 색채를 곱고 아름답게 하였다. 그 다음에서는 어부가 일엽편주를 타고 낚시하는 장면을 묘사하였지만 결코 그 한 사람은 아니다. 그는 오원(伍員)과 같은 절친한 벗을 짝하지는 못했지만 그에게는 잔꾀를 전혀 부리지 않는 자연 속의 친구들이 많다. 그것들은 진솔하고 자연스러운 어부의 심경이다.

후반부에서는 갈매기와 백로로써 자유롭게 유유자적하는 생활을 비유하였다. 역대 시인들도 은거한 후에 모두 갈매기나 백로와 벗하겠다는 깨달음을 시로 많이 남겼다. 작자는 이 곡에서 산수자연에 정을 기탁하였으나 자기를 알아주는 진정한 벗을 찾기 어렵자 마침내 대자연 속에서 정을 나눌 대상을 찾았다. 그리고 마지막에서 조정의 고관대작도 일자무식한 어부보다 못하다는 조소와 멸시를 보냄으로써 원대 이민족 지배자에게 불복하겠다는 의지를 반영하였다. 자욱한 물안개 속에 낚시하는 어부는 사실 작자의 자화상이다.

당시 원대 문단의 맹주였던 원호문(元好問)의 친구 사천택(史天澤)이 백박을 여러 차례 천거하였지만 그는 끝내 벼슬길에 나가지 않고 잡극과 산곡 창작에 심취하였다. 이 소령은 바로 작자의 생활과 사상 감정을 생동적으로 묘사한 자화상이다. 여기서는 이상 속의 어부가 백로 · 갈매기와 짝하는 자유로운 생활에 대한 묘사를 통하여 명리의 장을 멀리 벗어난 은일생활에 대한 작자의 찬미와 추구를 형상적으로 표명하였다.

예술적인 면에서 이 소령은 언어가 청려하고 풍격이 준일(俊逸)하며 어휘 선택에 세심한 공을 들였으면서도 그 흔적을 드러내지 않았다. 묘사한 경물은 곱고 아름다우며 의경은 광대하다. 또 글자의 행간에는 작자의 기쁨과 찬미의 감정이 드러나 있어 산곡 중의 명작으로 인정받고 있다.

쌍조 경동원

제1수

근심을 잊은 풀,
웃음을 머금은 꽃,
그대에게 일찍 관직을 버리라고 권하노라.
변론에 능한 육가(陸賈)는 어디에 있고,
책략에 뛰어난 강태공은 어디에 있으며,
호방한 기개를 가진 장화(張華)는 어디에 있는가?
먼 옛날 시비곡직의 마음도
하룻밤 어부와 나무꾼의 이야기가 되어버렸네.

忘憂草, 含笑花, 勸君聞早冠宜掛. 那裏也能言陸賈, 那裏也良謀子牙, 那裏也豪氣張華. 千古是非心, 一夕漁樵話.

* 경동원(慶東原): [쌍조]에 속하는 곡패의 이름이다.
* 관의괘(冠宜掛): 후한 때에 왕망이 봉맹(逢萌)의 아들에게 누명을 씌워 살해하자 봉맹은 장차 그 화가 자기에게 미칠 것을 알고 마침내 관을 풀어 낙양의 성문에 걸어놓고 관직을 버리고 은거하였다.(『후한서』「일민열전」) 괘관(掛冠)은 바로 관직을 사직하다는 뜻이다.

* 육가(陸賈): 한나라 고조 때의 대신으로 말재주에 뛰어났다. 고조 유방을 따라 천하를 평정하고, 남월(南月)에 사신으로 가 남월왕 조타(趙陀)를 설득하여 한나라에 귀순하게 하였기 때문에 말을 잘하는 육가(能言陸賈)라 일컫는다.(『한서』「육가전」)
* 자아(子牙): 태공망 여상(呂尙)이다. 본성은 강씨이며 모략에 뛰어났다. 문왕이 정사를 평안하게 다스리도록 보좌하고, 무왕 때는 은나라 주왕(紂王)을 징벌하여 은나라를 멸망시키는 데 결정적인 공헌을 하였다.(『사기』「강태공전」)
* 장화(張華): 자가 무선(茂先), 진(晋)나라 사람으로 용맹하여 의리를 중시하고, 인정이 많아 위급한 처지에 있는 사람을 널리 구제하였으며, 도량과 학식이 넓고 풍부하였다. 일찍이 「초요부(鷦鷯賦)」를 지어 자신의 호방한 뜻을 비유하였는데, 완적(阮籍)이 그것을 보고 왕을 보좌할 재능이 있다고 감탄하였다.(『진서』「본전」)

이 소령은 작자가 세상에 대한 감개와 탄식을 발출한 작품이다. 자신의 신세와 역사의 흥망, 나라와 세월에 대한 탄식은 역대 시인들의 영원한 주제이다. 작자의 이 소령은 전대 시인들의 작품에 비해 다른 특징과 풍격을 가지고 있다.

먼저 서두에서는 망우초와 함수화라는 화초에 정을 기탁하였다. 근심을 잊는 풀이라는 뜻의 망우초는 원추리를 말한다. 원추리의 어린 싹은 나물로 요리하여 먹을 수 있는데, 그것을 먹으면 사람이 술에 거나하게 취한 것 같이 되기 때문에 망우(忘

憂)라는 이름이 생겼다고 한다. 웃음을 머금은 꽃이라는 뜻의 함소화는 꽃이 필 때 항상 미소를 머금은 모습을 하고 있기 때문에 함소(含笑)라는 이름이 붙었다고 한다. 여기에서 작자는 이 두 가지 화초로부터 시작하여 사람들에게 근심을 잊어버리고 항상 웃으라는 권고를 하고 있다. 그러나 사람이 살다보면 온갖 근심과 걱정거리로 태연하게 웃고 지내기가 어렵다. 이에 대해 작자는 모든 번뇌와 근심은 모두 공명이록(功名利祿) 때문에 일어나는 것이니, 만약 세상의 고뇌를 벗어나고 싶으면 일찍 관직을 버리고 귀은하여 조용하고 유유자적한 생활을 하면 된다는 것을 알려주고 있다. 작자 자신은 일생동안 일정한 지위나 직위가 없으면서 다른 사람에게 일찍 관직을 버리라고 권하기도 하였으니, 이는 공명의 길에 대한 작자의 철저한 부정을 나타낸 것이다.

육가는 변론에 능하여 한고조의 태중대부(太中大夫)가 되었고, 강태공은 뛰어난 지혜와 계책을 가져 공명을 이루었으며, 장화는 호방한 기개를 가져 후세 사람들에게 칭송되었다. 작자는 여기에서 세 명의 역사인물을 들어 부귀공명도 허망하다는 것을 강조하였다. 그리고 마지막에서 작자는 명성이 뛰어났든 오명이 높았든 모두 지나간 옛일이 되었으므로, 이제 와서 그들의 자취를 찾으려면 그것들은 아득하여 존재하지 않고 단지 어부와 나무꾼들의 하룻밤 이야깃거리로만 남아있다고 하였다. 여기서는 살아있을 때 공명이록 때문에 바쁘게 움직이지 말고 명리의 장에서 멀리 벗어나 산수전원 속에서 소요하라는 깨우침을 일러주고 있다.

풍격 면에서 이 소령은 광달하면서 소탈하다. 이는 세상에 대한 한탄을 제재로 한 문학작품이 원대 후기에 이르러 풍격상에 일어난 변화를 반영하는 것이다. 송사에서 이러한 제재의 작품들은 대체로 처량한 감정으로 역사를 노래하거나 세상을 탄식하여, 풍격이 쓸쓸하면서 침중한 느낌을 가지는 것과는 비교된다.

제2수

금빛 찬란한 옷,
푸른 옥피리 소리,
유흥가를 자주 찾아다녔지.
청춘은 지나가고,
젊던 얼굴 점점 늙어,
백발이 성성하네.
억지로 머리에 꽃을 꽂아 보지만,
남들이 비웃을까 두려워라.

黃金縷, 碧玉簫, 溫柔鄕裏尋常到. 青春過了, 朱顏漸老, 白髮彫騷. 則待強簪花, 又恐傍人笑.

* 온유향(溫柔鄕): 훈훈하고 부드러운 마을이란 뜻으로 아름다운 여자의 부드러운 살결이나 그 촉감을 가리킨다. 미인의 처소나 유곽 거리를 뜻하기도 한다.

이 소령의 첫 부분에서는 구속받지 않는 개인의 방종한 행동을 주제로 끌어들였다. 작자가 전달하려는 것은 인생은 늙기 쉽고 청춘은 더없이 소중하니 젊은 시절에 당연히 때를 잘 파

악하였다가 청춘을 저버리지 말아야 한다는 것이다.

젊은 청춘기에는 누구나 풍류를 즐기고자 유흥가를 자주 찾겠지만 그러한 세월도 잠시일 뿐이다. 청춘은 하루아침에 지나가버리고 붉은 얼굴은 백발이 되며, 모든 환락은 공허한 것이 되어버린다. 작자는 시간이 빨리 흘러 세월이 얼마 남지 않은 사람에 대해 애상을 느꼈다. 여기에는 깊은 경세적 의미가 있다. 이 곡의 풍격은 소박하면서 정이 깊고 언어는 평이하다.

제3수

따스한 날 가마타고,
봄바람에 말을 타고,
마침 한식이라 이백 군데 그네 있네.
사람을 보고 아양 뜨는 살구꽃,
사람을 스치고 날아가는 버들개지,
사람을 맞이하며 웃음 짓는 복숭아꽃,
왔다갔다 유람하는 화려한 배,
펄럭이는 푸른 깃발 달려있네.

暖日宜乘轎, 春風宜訊馬, 恰寒食有二百處秋千架, 對人嬌杏花, 撲人飛柳花, 迎人笑桃花. 來往畫船邊, 招颭青旗掛.

* 초점(招颭): 펄럭이다. 나부끼다. 흔들거리다.

이 소령은 『양춘백설』에는 백박의 작품에 들어있지만, 『이원악부』에는 <신수령> 투수에 마치원의 작품으로 들어 있다. 『성세신성』과 『옹희악부』에도 <신수령> 투수에 들어있지만 작자는 밝혀놓지 않았다. 『사림적염』과 『북사광정보』에서는 이 투수를 왕백성(王伯成)의 작이라 하였고, 수수삼은 『전원산곡』에서 백박의 곡에 소령 <경동원> 1수를 수록하고 마치원의 곡에도 <신수령> 투수에 이 곡을 수록하였다. 투수에도 이 <경동원>이 있는데 소령과 투수에 수록된 가사의 내용은 조금 다르고 누구의 작품인지 단정하기는 어렵다.

이 곡은 봄날 온갖 꽃들이 만발한 풍경을 묘사하여 번화한 분위기를 더욱 부각시켰다. 따뜻한 햇살 아래 가마를 타고 봄바람 속에 말을 타고 곳곳을 돌아보니 참으로 기분이 상쾌하다. 이 곡은 봄놀이 하는 정경을 매우 수려하면서 생동적으로 묘사하였다.

쌍조 득승악

봄

밝은 해는 뉘엿뉘엿,
따스한 바람은 솔솔 부는데,
왕손공자들이 함께 즐겁게 노니네.
술에 취해 적삼 소매 촉촉이 젖어들고,
잠화(簪花)가 모자 테 밑을 누르네.

春

麗日遲, 和風習, 共王孫公子遊戲. 醉酒淹衫袖濕, 簪花壓帽簷低.

* 득승악(得勝樂): [쌍조]에 속하는 곡패의 이름이다.
* 여일(麗日): 밝은 햇살. 화창한 날.
* 습(習): 솔솔. 바람이 가볍게 부는 모양.
* 잠화(簪花): 잔치 때 남자 머리에 꽂는 조화 장식.
* 모첨(帽簷): 모자 테

이 소령은 봄날의 따스한 바람과 아름다운 햇살을 묘사하였을 뿐만 아니라 귀족 자제들과 왕손들이 유희를 즐기면서 술에 취하여 비녀를 꽂고 즐겁게 노니는 장면을 묘사하였다.

여름

혹독하게 무더운 하늘.
해바라기와 석류꽃 피어나네.
코를 찌를 듯 내뿜는 향기 십리 연꽃,
난주(蘭舟)는 비스듬히 수양버들 아래 매여 있네.
오직 베개와 대자리 깔고,
서늘한 정자에서 옷깃을 열고 머리를 풀어헤치노라.

夏

酷暑天, 葵榴發. 噴鼻香十里荷花, 蘭舟斜纜垂楊下. 只宜鋪枕簟, 向涼亭披襟散髮.

* 난주(蘭舟): 배의 미칭. 원래는 목란(木蘭)으로 만든 배이다.
* 점(簟): 대자리.

이 소령은 작자가 여름철 무더운 날씨에 강가로 가서 서늘한 정자에서 더위를 피하는 정취를 묘사한 것으로 즉흥(卽興)에 속하는 곡이다.

먼저 서두에서 계절을 나타낸 다음 이어서 눈앞에 보이는 풍경을 묘사하였다. 난주(蘭舟)는 원래 목란으로 만든 배이지만 여기서는 배에 대한 미칭으로 작자 자신이 타는 배를 가리킨다. 작자가 가장 즐겁게 감상하는 것은 코를 찌를 듯 내뿜는 향기 십리 연꽃이다. 연꽃은 진흙 속에 자라면서도 거기에 물들지 않아 옛사람들은 언제나 그것을 깨끗함의 상징으로 여겼는데, 이 곡에도 같은 의미가 내포되어 있다.

후반부에서는 배를 혹독하게 무더운 날씨에는 서늘한 정자에서 베개와 대자리를 깔고 옷깃을 풀어헤치고 머리를 풀어 정자에서 서늘한 바람을 쐬는 장면을 묘사하였다.

이 곡에는 그렇게 심오한 사상적 의미는 없지만 편안한 여름날의 일상을 노래하여, 필치가 자연스럽고 감정과 경물이 융합되어 마치 눈앞에 실제 모습을 보는 것 같은 느낌을 준다.

가을

차갑게 내린 맑은 이슬,
섬돌엔 귀뚜라미 울음소리.
서풍에 낙엽 떨어지는 위수,
먼 하늘에서 들려오는 기러기 울음소리.
도연명은 동쪽 울타리에 취하였네.

秋

玉露冷, 蛩吟砌. 聽落葉西風渭水, 寒雁兒長空嘹唳. 陶元亮醉在東籬.

* 옥로(玉露): 가을 이슬.
* 위수(渭水): 감숙성 위원현 서북쪽 조서산에서 발원하여 섬서성을 거쳐 낙수(洛水)와 합쳐진 뒤 황하로 유입되는 강이다.
* 한안아(寒雁兒): 차가운 가을 하늘의 기러기.
* 도원형(陶元亮): 동진의 전원시인 도연명을 가리킨다. 도연명은 심양 시상(柴桑, 현재의 강서성 주강) 사람으로 자는 원량(元亮)이고 송나라가 들어선 다음 이름을 잠(潛)으로 고쳤다. 집의 문 앞에 버드나무 다섯 그루를 심어 놓고 스스로를 오류선생(五柳先生)이라 부르기도 했다.

이 소령은 차가운 이슬(玉露), 귀뚜라미 울음소리(蛩吟), 낙엽, 서풍, 기러기 등 가을의 맑고 시원한 풍경으로 점철되어 있다. 그런 다음 동쪽 울타리 아래에서 술에 취하는 것도 한적하고 고아한 생활 정취이다.

작자는 먼저 여기에서 가을 이슬을 추로(秋露)라고 직접 표현하지 않고 옥로(玉露)라는 두 글자를 빌려와서 "가을 밤 이슬 내릴 때 한 번 만남(金風玉露一相逢)"이라는 견우와 직녀의 오작교 만남을 연상시켰다.

그리고 고요한 가운데 집 앞의 섬돌에는 귀뚜라미가 밤의 정적을 깨는 동시에 밤의 정적을 강조하고 있다. 이는 시가창작에서 자주보이는 동적인 경물로써 정적인 장면을 묘사하는 기법이다. 귀뚜라미가 밤새 쉬지 않고 울면 사람은 잠을 이루기가 어렵다. 그러면 당연히 귀뚜라미 소리는 더 또렷하게 들려오게 마련이다. 이때 창 밖에 떨어지는 낙엽소리는 더욱 쓸쓸한 가을의 정취를 느끼게 한다. 여기에서 창밖의 낙엽은 작자로 하여금 천리 밖 위수(渭水) 가의 낙엽을 연상하게 하였다. 위수는 황하의 가장 큰 지류로 예로부터 관중으로 통하는 주요 수상로였다. 옛날 경제 문화의 중심지였기 때문에 위수는 역대 시인들의 제재로 많이 운용되었다. 위수는 지리적인 의미를 뛰어넘어 역사와 문학적인 함의가 강한 지역이다. 낙엽과 서풍·위수는 전대 시인들의 시가에서도 가을을 상징하는 전형적인 시어로 사용된 경우가 많다. 작자가 이 곡에서 표출한 감개도 전인들의 쓸쓸한 감정과 다르지 않음을 알 수 있다. 마지막에서 작자는 동쪽 울타리 아래에서 국화를 따고 유연히 남산을 바라보며 초연하고 유유자적한 삶을 산 도연명을 동경하는 것으로 자신의 의지를 반영하였다.

겨울

질게 깔린 구름,
갓 알게 된 선달.
눈을 쓸고 차를 끓이기 가장 좋은 때라,
양고주(羊羔酒)는 값이 더 나가네.
꽃병 안의 따뜻한 물이 매화에 스며드네.

冬

密布雲, 初交臘. 偏宜去掃雪烹茶, 羊羔酒添價. 膽瓶內溫水浸梅花.

* 초교(初交): 알게 된 지 얼마 되지 않은 사람. 사귄지 얼마 안 된 사람. 갓 사귄 사람. 막 교제하기 시작한 사람.
* 편의(偏宜): 아주 적합하다.(적절하다. 알맞다)
* 양고주(羊羔酒): 살구씨를 삶아서 쓴 물을 뺀 다음 양이나 염소고기와 함께 끓여 즙을 내고 목향(木香)을 넣어서 버무린 다음, 다른 물을 넣지 않고 익힌 술로 주로 보양용 약주로 많이 사용된다.
* 단병(膽瓶): 목이 가늘고 길며 몸이 둥근 꽃병.

이 소령에서는 눈을 쓸고 차를 끓여 맛있는 양고주(羊羔酒)를 마시는 겨울날의 편안하고 즐거운 생활을 노래하였다. 음력 섣달(12월)을 납월(臘月)이라 하는데, 이때가 가장 추우면서 겨울의 정취를 무한히 느낄 수 있는 계절이다. 여기에 만난 지 얼마 안 된 사람과 함께 차를 마시고 맛있는 술을 마시면서 조용히 한담을 즐긴다. 여기에 매화를 덧붙여 부각시킴으로써 겨울의 정취가 더욱 고아해졌다.

또 지음

제1수

나 홀로 잠자리에 드니,
꿈속에 빠지기 어려워,
잠결에도 마음속이 공허하다.
여섯 폭 비단치마 헐렁해지고,
백옥 같은 팔의 팔찌도 느슨해졌네.

又

獨自寢, 難成夢, 睡覺來懷兒裏抱空. 六幅羅裙寬褪, 玉腕上釧兒鬆.

* 나군(羅裙): 엷은 비단 치마.
* 옥완(玉腕): 옥처럼 희고 고운 팔로 미인의 팔을 가리킨다.
* 천아(釧兒): 팔찌. 팔에 끼는 장신구.

이 소령은 규중여인이 연인을 그리워하다가 잠들지 못하는 상황을 묘사한 것이다. 작자는 서사 형식으로 내용을 전개하면서 간단한 직설적인 언어로 인물의 움직임과 감정을 설명하였다. 이 곡에서 주인공의 고독과 공허함을 솔직하게 묘사한 것 외에도 의복과 장식물이 느슨해졌다는 구체적인 묘사를 통해 이 여인이 연인을 그리워하다 몸이 점점 수척해져간 가련한 모습을 묘사함으로써 그리움의 주체를 충분히 표현하였다.

제2수

혼자서 왔다 갔다 하느라,
발자국으로 길까지 생겼건만,
헛걸음만 천만번이나 했네.
좀 더 빨리 알려주지 않을래요?
날이 밝을 때까지 미루지 마시고요.

獨自走, 踏成道, 空走了千遭萬遭. 肯不肯疾些兒通報, 休直到敎擔閣得天明了.

* 천조만조(千遭萬遭): 천번 만번.
* 질사아(疾些兒): 좀 빨리.

이 소령은 자기에게 첫눈에 반한 여인에게 사랑을 추구하는 마음을 노래한 것이다. 남자 주인공은 그녀를 천만번 찾아가지만 가는 길이 결코 쉽지 않다. 작자는 리듬이 명쾌한 필치로 주인공의 사랑에 대한 간절한 소망을 담아내었다. 이 곡의 처음에서는 먼저 왔다갔다 배회하는 주인공의 형상을 부각시켰다. 본래 그는 길이 없는 곳에 있다가 여러 차례 달아나려고 노력하여 이미 작은 길을 밟고 있다. 여기에서는 이러한 정감에 이미 서광이 비치어 희망이 있다는 것을 함축적으로 말하여, 주인공의 슬픔과 초조함 · 원망이 모두 하나하나 독자의 눈앞에 펼쳐졌다. 그러나 그 여인은 남자의 어리석은 마음과 태도에 대해 결코 어떠한 반응도 보이지 않고 명확한 답변도 주지 않아 그를 날이 샐 때까지 기다리게 한다.

전체적으로 인물형상에 대한 묘사, 개성적인 인정의 포착, 인물의 심리 활동의 표현은 모두 생동적이고 그림 같으며 구체적이고 진실되다. 또한 언어적으로는 입에서 나오는 대로 표현하여 소박하면서도 이해하기 쉽게 쓰진 문인이 창작한 민요라 할 수 있다.

제3수

석양이 물든 저녁,
하늘이 아득해진 밤,
고목엔 까마귀 떼.
나는 곱게 단장하여 자주 살피노니,
아마도 저 기러기가 편지를 가져오겠지.

紅日晚, 遙天暮, 老樹寒鴉幾簇. 咱爲甚粧粧頻覰, 怕有那新雁兒寄來書.

* 홍일(紅日): 붉은 해.
* 요천(遙天): 아득히 먼 하늘.
* 족(簇): 무리, 떼.
* 빈처(頻覰): 자주 살펴본다.
* 파(怕): 아마.(… 일 것이다. … 일지도 모른다.)

이 소령은 늦가을의 쓸쓸한 저녁 풍경을 가볍고 담담한 필치로 묘사하였다. 겉으로 보기에는 아주 소박한 듯하면서도 그리움의 정은 깊고 함축적이다. 전반부에서는 집 밖의 쓸쓸한 가을 저녁 풍경으로써 규중 여인이 처한 처지와 분위기를 부각시켰다. 그리고 후반부에서는 간접적인 표현 방식으로 그리움의 심정을 묘사하였다.

제4수

석양이 물든 저녁,
저녁노을 남아있고,
가을 강물은 먼 하늘과 한 빛을 이루네.
겨울 기러기 하늘 높이 왁자지껄 한데,
어찌하여 편지를 가져오지 않았을까?

紅日晚, 殘霞在, 秋水共長天一色. 寒雁兒呀呀的天外, 怎生不捎帶箇字兒來.

* 잔하(殘霞): 해가 지고 남아 있는 저녁노을.
* 하하적(呀呀的): 의성어. 와와. 왁자지껄.
* 즘생(怎生): 어찌하여, 어떻게. 현대중국어의 '怎麽' 와 같다.

이 소령에서는 멀리 있는 사람을 그리워하며 편지를 기다리는 여인의 애틋한 심정을 노래하였다. 혹자는 친구에 대한 그리움의 정이라 보기도 한다. 이 곡의 주인공은 가을 강물이 길게 하늘까지 이어진 것을 보고 멀리 있는 사람을 그리워하는데, 하늘 높이 날아가는 기러기 울음소리를 듣고 친구의 편지를 기다린다. 여기서 작자는 왕발의 「등왕각서」에 나오는 "지는 노을은 외로운 따오기와 가지런히 날아가고, 가을 물은 먼 하늘색과 한 빛이네(落霞與孤鶩齊飛, 秋水共長天一色)" 구를 운용하였다. 그 다음에서는 겨울 기러기에게 사람의 감정을 이입하여 그의 무정함을 책망하였으니 구성이 독특한 필치라 할 수 있겠다.

제 3 장

투 수(套數)

선려 점강순

<점강순>
봉황새긴 황금비녀 나누어져,
선녀 같은 사람은 떠나가고,
가을은 화창하고 시원하네.
저녁이 되어서야 한가해져,
바느질을 정리하고 쉬네.

<요편>
홀로 높은 누각에 기대어,
열 두 개의 주렴을 걷어 올리니,
바람은 소슬하네.
비 개이니 구름 일고,
저 멀리 산은 그림처럼 펼쳐졌네.

<혼강룡>
사람의 애끊는 곳,
하늘가 석양 물가의 노을.
마른 연잎에 잠드는 해오라기,
저 멀리 나무위로 깃드는 까마귀.
시든 낙엽은 어지럽게 섬돌위에 쌓이고,
대빗자루로 살랑살랑 창문을 쓸어내리네.
황혼이 가까워져,
근심이 다듬이소리에 생겨나고,

원망이 비파소리에 묻어나네.

<천창월>
생각하니 호탕한 그대는 하늘 끝에 떨어져있어,
원망하는 마음을 그대가 어찌 알겠어요!
노래하고 채찍을 휘두르며 흔들흔들 청총마(靑驄馬)를 타고,
진루(秦樓)의 술과,
사가(謝家)의 차를 마시지 말고,
손잡고 이별할 때 한 말을 생각하지 마세요.

<기생초>
오랫동안 난간에 기대어 바라보다,
규방으로 돌아오려고,
높은 누각에서 세치 발을 억지로 내려놓는다.
깊고 고요한 정원의 붉은 대문,
푸른 이끼 밟고 서니 한기가 버선에 스며드네.
돌아올 날 헤아리니 그저 옥비녀만 짧아지고,
흐르는 눈물을 닦느라 수건이 자주 젖네.

<원화령>
소식이 끊어진 이후로,
여러 번 점을 쳐본다.
푸른 눈썹은 오래도록 이별의 근심에 잠겨,
아름다운 얼굴은 아주 초췌해졌네.
원소절부터 중양절까지 기다렸는데도,
왜 이렇게 집에 돌아오지 않을까.

<상마교살>
즐거움은 적고,
번뇌는 많아.
마음은 삼실처럼 어수선하네.
때로는 동쪽 울타리 아래로 거닐다가,
혼자 탄식을 내뱉으며,
쓸쓸히 달과 함께 국화를 마주하네.

<點絳脣> 金鳳釵分, 玉京人去, 秋瀟灑. 晚來閑暇, 針線收拾罷.

<么篇> 獨倚危樓, 十二珠簾掛, 風蕭颯. 雨晴雲乍, 極目山如畫.

<混江龍> 斷人腸處, 天邊殘照水邊霞. 枯荷宿鷺, 遠樹棲鴉. 敗葉紛紛擁砌石, 修竹珊珊掃窗紗. 黃昏近, 愁生砧杵, 怨入琵琶.

<穿窗月> 憶疎狂阻隔天涯, 怎知人埋冤他. 吟鞭裊青驄馬, 莫喫秦樓酒, 謝家茶, 不思量執手臨歧話.

<寄生草> 憑闌久, 歸綉幃, 下危樓強把金蓮撒. 深沈院宇朱扉亞, 立蒼苔冷透凌波襪. 數歸期空畫短瓊簪, 搵啼痕頻濕香羅帕.

<元和令> 自從絶雁書, 幾度結龜卦. 翠眉長是鎖離愁, 玉容憔悴煞. 自元宵等待過重陽, 甚猶然不到家.

<上馬嬌煞> 歡會少, 煩惱多, 心緒亂如麻. 偶然行至東籬下, 自嗟自呀, 冷清清和月對黃花.

* 점강순(點絳脣): 곡패의 이름으로 [선려] 투수의 첫 곡에 사용된다.

* 금봉차(金鳳釵): 여인의 머리장식으로 여기서는 여자를 의미한다.
* 옥경(玉京): 천궁(天宮).
* 옥경인(玉京人): 천상에 사는 사람, 즉 신선을 뜻하는데 여기서는 마음속의 연인을 의미한다.
* 소쇄(瀟灑): 화창하고 자유롭다는 뜻으로 가을을 수식한다.
* 옹(擁): 가려 덮는다.
* 산산(珊珊): 치마에 찬 패옥 소리. 가볍고 느긋한 모양.
* 뇨(裊): 가늘고 길고 부드러운 물건이 바람에 흔들리는 것으로 술 취한 모습의 형용이다.
* 진루(秦樓)와 사가(謝家): 진루사관(秦樓謝館)으로 옛날에 도시의 유흥가를 가리키는 말이다.
* 강(強): 강인하다.
* 금련(金蓮): 전족한 여자의 작은 발을 일컫는 말이다.
* 주비아(朱扉亞): 빨간색 창문.
* 능파말(淩波襪): 조식의 「낙신부(落神賦)」 "능파미보, 나말생진(淩波微步, 羅襪生塵)" 에 나오는 말이다. 원래는 낙수(洛水) 여신의 발걸음이 가볍다는 뜻인데, 나중에는 능파말(淩波襪)이나 나말(羅襪)로써 여자 버선의 미칭으로 사용되었다.
* 결(結): 점괘를 물어본다는 뜻이다.
* 심(甚): 왜.
* 유연(猶然): 그렇게(那樣), 여전히(仍然).

이 투수는 한 여자가 마음속으로 사랑하는 사랑에 대한 그리움을 노래한 것으로, 마음속의 연인이 떠난 후의 적막함과 슬픔 · 원망을 표현하였다. 서경도 있고 서사도 있으며 인물의 심리와 형상에 대해서도 세밀하게 묘사하였다.

첫곡 <점강순>에서는 마음속의 연인이 떠나간 시간과 여주인공의 생활상을 묘사하였다. 가을바람이 시원하게 부는 계절에 여주인공이 마음속으로 사랑한 사람과 이별한다. 마지막 2구는 낮에는 바느질을 하느라 바쁘고, 저녁이 되어서야 한가한 시간을 가지게 된다는 것이다.

<요>에서는 여주인공이 가을을 감상하는 장면을 묘사하였다. 그녀는 고독한 사람으로 높은 누각에 서서 일찍 주렴을 걷어 올렸다. 가을바람 소슬하게 부는데 비는 멎고 구름은 피어나 눈을 먼 곳으로 돌려보니 산이 그림처럼 펼쳐져있다. 자연경물로써 좋은 시절 아름다운 풍경과 그림 같은 강산을 표현함으로써 여주인공의 고독과 적막감을 부각시켰다.

<혼강룡>에서는 경물에 감정을 기탁하여 선녀 같은 사람이 떠나가 버린 뒤에 느끼는 여주인공의 고통을 묘사하였다. 그 여인은 해질녘 아름다운 저녁노을이 물속에 비치는 것을 보고 이러한 풍경에 자신의 마음을 기탁하여 애가 끊어지는 듯하다. 마지막 3구는 황혼이 되어 다듬이소리 들리는 가운데 여주인공의 마음속에는 무한한 근심이 솟아나고, 비파소리 속에 마음속의 연인에 대한 그리움도 무한한 원망으로 변화된다. 마른 연잎, 시든 낙엽, 석양, 황혼 등 곳곳에서 여주인공의 근심과 원망 속에 애끊는 그리움이 서려있다.

<천창월>에서는 마음속 연인에 대한 여주인공의 그리움과 부탁을 묘사하였다. 제1-2구에서 연인은 멀리 하늘 끝에 있으니,

돌아오지 않는 그를 원망하는 여주인공의 마음을 그가 어찌 알겠는가? 제3구는 마음속의 연인이 노래하고 채찍을 휘두르며 술에 취해 명마를 타고 즐거움을 찾아 누린다는 뜻이다. 마지막 3구는 여주인공이 마음속의 연인에게 부탁하는 말로, 그에게 먹고 마시며 노느라 그녀가 이별할 때 한 말을 잊지 말라고 부탁하는 것이다.

<기생초>에서는 마음속의 연인에 대한 여주인공의 기대와 그리움을 묘사하였다. 제1-3구는 여주인공이 오랫동안 난간에 기대어 멀리 바라본 후에 규방으로 돌아오려고 전족한 조그만 발걸음을 옮기면서 누각에서 내려오는 것이다. 마음속의 연인이 멀리서 돌아오기를 기대하는 그녀의 간절한 마음이 말속에 넘쳐난다. 제4-5구는 깊고 적막한 정원에 집의 문짝이 주황색이고, 그녀는 푸른 이끼 가득한 섬돌 위에서서 떠나간 사람이 돌아올까 바라보지만, 너무 오래 서 있어서 버선이 이슬에 젖어 그녀로 하여금 한기를 느끼게 한다. 제6-7구는 떠나간 사람을 그리워하며 그가 돌아올 때를 계산해보니 그저 옥비녀만 짧아졌다. 얼굴에 흐르는 고통의 눈물 자국을 닦느라 여러 차례 비단수건이 젖는다. 여기서는 떠나간 사람에 대한 여주인공의 깊은 감정을 묘사하였다.

<원화령>에서는 떠나간 사람에 대한 여주인공의 그리움과 기대를 더욱 구체적으로 묘사하였다. 제1-2구는 떠나간 사람과 서신이 끊어진 후에 그녀는 여러 차례 점괘를 가지고 길흉을 점쳐본다. 제3-4구는 종일토록 근심에 잠긴 눈썹을 펴지 못하고 아름답던 얼굴도 초췌해졌다는 것을 묘사하였다. 떠나간 사람에 대한 깊은 그리움을 한걸음 더 나아가서 설명하였다. 제5-6구는 여주인공의 불안하고 절박한 심정을 표현하였다. 그

녀는 원소절부터 중양절까지 기다린 후에도 떠나간 사람이 돌아오지 않으니, 그렇다면 이는 무슨 일이 생긴 건 아닐까 하고 염려한다.

<상마교살>에서는 여주인공의 번뇌와 고통을 묘사하였다. 1-2구는 고독하여 정처 없이 방황한다는 것이다. 제3구는 "정이 많아 옛날부터 이별에 상심하여, 적막하고 싸늘한 가을을 어찌 보낼까(多情自古傷離別, 更那堪冷落淸秋節)"라는 감개가 있다. 그녀는 혼자 고독하여 내심의 고통을 알아주는 사람도 없고 동정하는 사람도 없기 때문에 단지 혼자 동쪽 울타리 아래를 거닐며 탄식할 수밖에 없다. 쓸쓸히 밝은 달과 함께 국화를 마주한다.

이 투수는 생동감 넘치고 풍만한 이미지를 가진 젊은 여인을 묘사하였다. 그녀는 부지런히 일하다가 밤이 되어서야 짬을 내어 바느질 하던 일손을 놓고 쉰다. 그녀는 생활에 열렬한 추구를 가지고 행복한 생활을 동경하였지만 현실은 그녀에게 가혹하게도 즐거움은 적고 번뇌는 많게 하였다. 이로 인하여 그녀는 고통스러워 푸른 눈썹은 오래도록 근심에 잠기고 아름다운 얼굴은 아주 초췌해졌다. 그녀는 또 선량하여 떠나간 사람에 대해 많은 질책도 하지 않고, 그에게 관심을 가지며 술과 차를 마시지 말라고 충고한다. 떠나간 사람에 대한 그녀의 감정은 또한 깊은 것이었다. 그녀는 떠나간 사람이 돌아오길 기다리며 오랫동안 높은 누각에 서서 난간에 기대어 멀리 바라보는데, 푸른 이끼에 서서 한기가 버선에 스며들고, 돌아올 날 헤아리며 그저 옥비녀만 짧아지고, 흐르는 눈물 자국을 닦느라 자주 비단 수건을 적신다. 뿐만 아니라 소식이 끊어진 후로 여러 차례 점을 치며 실로 이로 인해 야위어지고 고통스러움이 극에

달했다. 작자는 구체적인 묘사를 통하여 다정하고 다채롭고 집착하며 열정적인 여성상을 묘사하였다. 이것은 하나의 고통에 잠긴 영혼으로, 그녀는 강렬한 추구를 가지고 아름다운 생활에 대한 동경을 가지고 있다.

작품의 풍격은 완약하고 청신하며 질박하다고 할 수 있다. 시간과 인물의 성격 발전의 순서에 따라 인물을 묘사하여, 처음과 끝이 잘 연결되고 맥락이 분명하며 조리가 정연하다. 이것은 이 투수가 가진 특징 중의 하나이다.

대석조 청행자

눈을 노래하다

<청행자>
하늘 높이 날리는 눈꽃,
강풍에 온산으로 흩어져 떨어지네.
겨울이 끝날 때 가장 좋은 저녁 풍경,
얼어붙은 연못 가운데 섬,
추위가 장막으로 엄습하고,
냉기가 난간으로 스며드네.

<귀새북>
담비 가죽옷을 입은 나그네,
발을 걷어 경사스런 광경을 바라보네.
좋은 풍경을 화폭에 다 담지 못하고,
좋은 시제를 시로 노래하기 더욱 어려운데,
아마도 옥처럼 하얀 그릇 속에 있는 것 같네.

<호관음>
부귀한집 사람들은 당연히 습관처럼,
홍로(紅爐)에 따뜻하여 혹한도 두렵지 않네,
연회에 청한 손님 즐비한 미인들,
붉게 취기 오른 얼굴 쓸어내며,

사양하지 말고 화끈하게 마시세.

<요편>
술 권하는 미인들 금술잔 들고,
노래하는 사람들은 정성스레 향단(香檀)을 뿌리네.
노래가 끝나자 시끌벅적 웃음소리 무성하고,
밤이 끝날 무렵,
화촉은 은빛 찬란하게 빛나네.

<결음>
연회자리로 향기가 바람따라 스며들어,
바람따라 온 향기 사향도 난초도 아니네.
취한 눈으로 몽롱하게 가녀에게 물어보니,
대부분 남쪽 추녀아래 핀 납매라고 말하네.

詠雪

<靑杏子> 空外六花翻，被大風灑落千山. 窮冬節物偏宜晩，凍凝沼沚，寒侵帳幕，冷濕闌干.

<歸塞北> 貂裘客，嘉慶卷簾看. 好景畫圖收不盡，好題詩句詠尤難，疑在玉壺間.

<好觀音> 富貴人家應須慣，紅爐暖不畏初寒. 開宴邀賓列翠鬟，拚酡顔，暢飮休辭憚.

<么篇> 勸酒佳人擎金盞，當歌者款撒香檀. 歌罷喧喧笑語繁，夜將闌，畫燭銀光燦.

<結音> 似覺筵間香風散，香風散非麝非蘭. 醉眼朦騰問小蠻，多

管是南軒蠟梅綻.

* 대석조(大石調): 궁조의 이름으로 『태화정음보』에서는 "대석조는 풍류적이면서 온화하게 노래한다.(大石唱風流蘊籍)"라고 하였다.
* 청행자(靑杏子): 곡패의 이름으로 [대석조] 투수의 첫 곡에 사용된다.
* 공외(空外): 높은 하늘.
* 부귀인가(富貴人家): 조정의 고관대작들을 가리킨다.
* 초구객(貂裘客): 담비 가죽을 입은 손님으로 작자와 연회석의 다른 빈객들을 가리킨다.
* 결음(結音): 미곡(尾曲)을 결음이라 한 것은 이 투수에만 보인다. 그러나 그 격식은 <대석조> 투수의 <수살(隨煞)>과 기본적으로 일치한다.
* 소만(小蠻): 옆에서 시중드는 가녀(歌女).

이 투수의 제목은 눈을 노래하다(詠雪)이지만 설경은 얼마 안 되고 대부분은 눈 오는 밤의 사람들에게로 시선을 집중하여, 그들의 시가·그림·음주·권주가·농담 등을 묘사하였다. 이것이 바로 이 투수의 두드러진 특징의 하나이다.

첫곡 <청행자>에서는 주로 눈발이 춤추듯 날리는 모습과 밤중에 눈 내리는 분위기에 초점을 맞추었다. 밤중에 눈이 내리고 강풍까지 불어 산과 계곡이 온통 눈으로 하얗게 물들었다.

장면 묘사가 생동적이고 탄력적이며 묘사에 언급된 범위는 대단히 전면적이다.

<귀새북>에서는 작자의 시선을 사람에게로 전환하여 눈을 감상하는 사람의 모습과 활동을 묘사하였다. 주인과 손님이 담비 가죽옷을 입고 발을 올려 눈을 감상하면서 길상의 상징인 서설이 일 년의 평안을 가져다주길 기원한다. 여기에 사방으로 흩날리는 눈은 뭐라 표현하기 어려운 미감을 준다. 더욱이 그림 · 옥그릇(玉壺) 등의 이미지로 눈앞에 펼쳐진 설경과 얼음같이 차갑고 깨끗한 눈을 묘사하였다. <호관음>과 <요편>에서는 큰 골목의 깊은 집 안에서 부유한 사람들이 즐겁게 노는 장면을 묘사하는 데 필력을 집중하였다. 번잡하고 떠들썩한 분위기와 엄동설한의 맑고 깨끗한 대설이 대단히 강렬한 대비를 이루었다. 마지막 <결음>에서는 의표를 찌르는 놀라운 필법으로 결말을 맺었다. 작자는 사람의 후각으로 인자(引子)를 삼고 사향도 아니고 난초도 아닌 그윽한 향기가 연회자리에 사방으로 퍼지는 것을 묘사하였다. 엄동설한에 납매(蠟梅)가 꽃망울을 터뜨리는 순간 화려하면서도 열정적인 활동을 시정화의(詩情畵意)가 있는 차가운 눈 속에 핀 매향의 경계로 끌고 들어가 독자에게 무한한 운치를 전해준다.

전체적으로는 집밖에서 집안으로 묘사하고, 다시 마지막에서는 집밖으로 향하였다. 그 사이에는 차가움과 따뜻함, 고요함과 시끄러움, 순백색과 다채색의 대비가 있다. 더 깊이 들어가면 속(俗)과 아(雅)의 대비를 음미할 수 있다.

소석조 뇌살인

<뇌살인>
또다시 붉은 해는 서쪽으로 떨어지고,
저녁놀은 만경은파를 비추네.
강가의 저녁에 쓸쓸한 연기 피어나고,
안개는 아른아른,
바람은 산들산들,
가로막혀 못가고 헤어진 사람 쓸쓸하네.

<요편>
송옥의 「비추부(悲秋賦)」는 근심스럽고,
강엄의 몽필(夢筆)은 적막하네.
인간에게 어찌 만남과 헤어짐이 없겠는가,
이별의 정서를 생각하니,
세상에서 오직 나 혼자 뿐일세.

<이주편>
소경(小卿)을 생각하느라,
언제나 마음을 놓지 못하고,
처량한 근심에 두서가 없어,
평생의 고통을 다 받았구나.
하늘 가 바다 끝에,
심신이 돌아갈 곳이 없어라.

한스런 풍괴(馮魁)가,
은정을 좇아 사랑을 빼앗으니,
개같은 행실이요 늑대 같은 마음이라,
하늘의 보복이 두렵지 않은가.
지금까지 여전히 시기를 놓쳐,
참을 수 없는데,
날 저물어 저녁 구름 짙게 깔림에 더욱 어찌 견디리.

<요편>
옛 친구는 아득한데,
장강에 바람 불어,
요란한 바람 속에 풀잎피리 소리 들려오네.
둥근 달은 맑고 밝은데,
여러 군데 그물을 쳐두었다가,
때가 되어 돌아가며 어부가를 부르네.
그래도 어쩔 수 없어,
모래섬 여뀌 언덕에,
한 점의 고기잡이 등불이 서로 비추고,
적막한 옛 나루터에 화선이 정박하네.
쌍점은 말없이 눈물방울 떨어뜨리고,
하인을 부르고 선원을 지휘하며,
키를 잡을 마음뿐이네.

<미성>
작은 배가 갈대꽃을 지나갈 때,
노 젓는 소리에 큰소리로 화답하지 마라.

잠자는 원앙이 놀라 흩어지며,
나처럼 서로 헤어져 날아갈 테니까.

<惱煞人> 又是紅輪西墜, 殘霞照萬頃銀波. 江上晚景寒煙, 霧蒙蒙, 風細細, 阻隔離人蕭索.

<么篇> 宋玉悲秋愁悶, 江淹夢筆寂寞. 人間豈無成與破, 想別離情緒, 世界裏只有俺一箇.

<伊州遍> 爲憶小卿, 牽腸割肚, 淒惶悄然無底末, 受盡平生苦. 天涯海角, 身心無箇歸著. 恨馮魁, 趨恩奪愛, 狗行狼心, 全然不怕天折挫. 到如今剗地吃耽閣, 禁不過, 更那堪晚來暮雲深鎖.

<么篇> 故人杳杳, 長江風送, 聽胡笳瀝瀝聲韻聒. 一輪皓月朗, 幾處鳴榔, 時復唱和漁歌. 轉無那, 沙汀蓼岸, 一點漁燈相照, 寂寞古渡停畫舸. 雙生無語淚珠落, 呼僕隸指潑水手, 在意扶柁.

<尾聲> 蘭舟定把蘆花過, 櫓聲省可裏高聲和. 恐驚散宿鴛鴦, 兩分飛也似我.

* 소석조(小石調): 궁조의 이름으로 『태화정음보』에서는 "소석조는 부드러우면서 아리땁게 노래한다.(小石唱旖旎嫵媚)"라고 하였다.
* 뇌살인(惱煞人): 곡패의 이름으로 [소석조] 투수의 첫 곡에 사용된다.
* 은파(銀波): 달빛에 비쳐 은백색으로 보이는 물결을 아름답게 이르는 말이다. 은물결. 은도(銀濤).
* 한연(寒煙): 쓸쓸하게 올라오는 연기라는 뜻으로 집이 가난

함을 비유한다.

* 몽몽(蒙蒙): 어렴풋하고 분명하지 않은 모양. (빗방울이 매우) 가늘다.
* 강엄몽필(江淹夢筆): 시문을 잘 짓는 것을 비유한다. 강엄은 남조의 양(梁)나라 사람으로 부에 능하여 이별의 한을 노래하는 데 뛰어났다. 강엄이 늙어서 꿈속에 곽박(郭璞)이 나타나 "그대에게 맡겨둔 오색필을 돌려 달라" 하여 돌려준 뒤로 시상이 빼앗겨 다시는 시를 짓지 못했다고 한다.
* 견장할두(牽腸割肚): 늘 마음에 걸리다.
* 처황(淒惶): 비참하다. 참혹하다.
* 초연(悄然): 걱정스러운 모습. 근심 어린 모습. 고요하다. 적막하다.
* 저말(底末): 두서(頭緖). 일의 단서. 실마리. 조리.
* 잔지(剗地): 여전히, 오히려
* 탐각(耽閣): 질질 끌어 시기를 놓치다.
* 초불과(禁不過): 참을 수 없다.
* 묘묘(杳杳): 멀어서 아득하다.
* 호가(胡笳): 날라리. 풀잎피리.
* 역력(瀝瀝): 물 흐를 때 나는 소리. 바람 불 때 나는 소리.
* 명랑(鳴榔): 배의 고물에 있는 횡목을 두드려 물고기를 그물에 몰아넣어 잡는 방법이다.
* 복례(僕隸): 관청의 심부름꾼. 하인. 종.
* 지발(指撥): 지점(指點). 지휘(指揮).
* 수수(水手): 선원. 갑판수(선박의 갑판 업무를 책임지는 선원).
* 성가리(省可裏): … 하지마라.
* 분비(分飛): 서로 떨어져 날아가는 것을 가리킴.

이 투수는 제목이 없는데 대체로 쌍점이 강변에서 소경을 그리워하는 정경을 묘사한 것이라 생각하였다. 원인 산곡 중에서 쌍점과 소경의 사랑이야기를 노래한 것은 아주 많은데 가장 유명한 곡은 왕엽(王曄)과 주개(朱凱)가 공동으로 창작한 「제쌍점소경문답」 곡이다.

첫곡 <뇌살인>에서는 대단히 아름다운 언어를 사용하여 강변에 저녁노을이 비치는 아름다운 풍경을 묘사하였다. 이렇게 조용하고 아름다운 경물에서 분위기를 전환하여 떠나간 사람의 쓸쓸함과 고독함을 부각시켰다.

<요편>에서는 송옥비추(宋玉悲秋)와 강엄몽필(江淹夢筆)을 대비하여 이별의 정서를 더욱 심각하게 부각시켰다. <이주편>에서는 정식으로 쌍점이 소경을 그리워하며 근심에 잠긴 것을 묘사하였다. 특히 원망스런 풍괴(馮魁)에게 사랑을 빼앗겨 외롭고 쓸쓸한 신세가 되어 처량함과 괴로움을 견딜 수 없다고 하였다.

<요편>에서는 달밤에 강변의 쓸쓸하고 적막한 경물을 사용하여 외롭게 비치는 그림자의 처량함을 부각시켰다. <미성>에서는 눈앞의 경물로부터 자신의 처지를 비유하였는데 심각하고도 생동적이다. 이 곡의 풍격은 청려하고 완곡하며 전고의 운용과 비유도 모두 적절하다.

쌍조 교목사

풍경을 보며

<교목사>
해당화 피어나자 첫 비 그쳐,
버드나무 사이로 모락모락 연기 피어오르고,
푸른 풀은 들판에 사방으로 무성하네.
문득 고개 돌려 보니,
붉은 꽃잎 휘날려 눈처럼 쌓이네.

<요>
방금 봄이었는데,
매실이 노랗게 익는 계절이 되어,
햇살에 비친 석류꽃은 핏방울처럼 붉네.
접시꽃은 뜰에 가득 피어,
궁중 비단을 잘라 놓은 듯하네.

<교탑고서>
갑자기 새벽에 뜰에 오동잎이 떨어지고,
연잎도 지네.
집안에 다듬이소리 끊어지고,
매미소리 목이 메네.
하얀 이슬은 서리로 맺히고,

물은 얼고 바람은 높고,
먼 하늘엔 기러기 비스듬히 날아가고,
향기로운 가을꽃도 차례로 다 피었네.

<요>
불식간에 얼음 얼고,
짙은 구름 펼쳐졌네.
북풍이 차갑게 불어와,
마구 창문을 때리네.
사녀(謝女)가 노래하였듯이,
흰 눈이 버들개지처럼 옥섬돌에 흩날리네.
멀리 교외 만 리 바라보니,
겹겹의 산이 하얗게 물들었네.
아득히 길을 가는,
흩어지는 어부들,
도롱이 걸치고 돌아가는데,
강물은 더없이 맑구나.
조용하고 한적한 정원,
춤추고 노래하는 누각에선 술의 힘이 무서운데,
사람은 수정궁궐에 있구나.

<요>
세월은 유수처럼 흘러,
모두 다 없어지니,
예로부터 호걸들의,
세상을 뒤흔든 공명도 결국은 전부 허사일 뿐,

꽃은 피도 쉽게 시듦을 바야흐로 믿고,
인생에 이별이 많음을 비로소 알았네.
옛 정원을 생각하며,
하염없이 탄식하고,
옛날에 놀던 연못가 집,
여우와 토끼굴로 뒤바뀌었네.
어리석은 척 하지마라,
달팽이 촉수와 파리머리 같은 사소한 명리,
양명현친(揚名顯親)은 모두의 간절한 소망이라지만.
부귀는 꽃 위의 나비 같고,
봄밤의 꿈 이야기 같다네.

<미>
젊은이는 베갯머리에서 기쁨을 누리고,
술잔의 술은 좋은 날 좋은 밤을 만났으니,
금당풍월(錦堂風月)을 저버리지 말게.

對景

<喬木查> 海棠初雨歇, 楊柳輕煙惹, 碧草茸茸鋪四野. 俄然回首處, 亂紅堆雪.

<么> 恰春光也, 梅子黃時節, 映日榴花紅似血. 胡葵開滿院, 碎剪宮纈.

<掛搭沽序> 倏忽早庭梧墜, 荷蓋缺. 院宇砧韻切, 禪聲咽. 露白霜結, 水冷風高, 長天雁字斜, 秋香次第開徹.

<么> 不覺的冰澌結, 彤雲布, 朔風凜冽. 亂撲吟窗, 謝女堪題, 柳絮飛玉砌. 長郊萬里, 粉汚遙山千疊. 去路賒, 漁叟散, 披蓑去, 江上淸絶. 幽悄閑庭, 舞榭歌樓酒力怯, 人在水晶宮闕.

<么> 歲華如流水, 消磨盡, 自古豪傑, 蓋世功名總是空, 方信花開易謝, 始知人生多別. 憶故園, 謾嘆嗟, 舊遊池館, 翻做了狐蹤兔穴. 休癡休呆, 蝸角蠅頭, 名親共利切. 富貴似花上蝶, 春宵夢說.

<尾> 少年枕上歡, 杯中酒好天良夜, 休辜負了錦堂風月.

* 교목사(喬木查): 곡패의 이름으로 [쌍조] 투수의 첫 곡에 사용된다.
* 야(惹): 안개가 가볍게 피어오르는 모양.
* 궁힐(宮纈): 궁중에서 만든 꽃무늬를 염색한 견직물.
* 호규(胡葵): 접시꽃. 촉규(蜀葵)라고도 한다. 줄기가 6-7자에 이르고 잎이 크며 붉은색·자주색·흰색 등의 꽃이 있다.
* 침(砧): 다듬잇돌. 옛날에는 가을이 오면 사람들은 솜옷을 준비하고 씻어야 할 옷은 방망이로 두드린다. 옷을 두드리는 다듬이소리는 왕왕 깊은 밤중까지 그치지 않는데 그 소리가 매우 처절하다.
* 개철(開徹): 활짝 다 피었다. 철(徹)은 절정에 달했다거나 완결되었다는 뜻이다.
* 하개결(荷蓋缺): 연잎도 진다. 연잎의 모양은 마치 솥뚜껑 같기 때문에 하개(荷蓋)라 한다.
* 시(澌): 강물을 따라 떠내려가는 얼음 덩어리.
* 동운(彤雲): 짙은 구름.

* 사녀감제(謝女堪題): 사녀는 사도온(謝道蘊)을 가리킨다. 그녀는 동진의 명신 사안(謝安)의 조카이자 왕응지(王凝之)의 아내로 글재주에 뛰어났다. 눈이 오는 어느 날 사안은 조카들에게 물었다. "흰 눈이 어지럽게 날리는 게 뭐 같으냐?(白雪紛紛何所似)" 그 형의 아들 사랑(謝朗)이 말했다. "소금을 하늘에 뿌리면 아마도 비슷할 것입니다.(撒鹽空中差可擬)" 도온(道蘊)이 말했다. "버들개지가 바람에 날리는 것만 못합니다.(未若柳絮因風起)" 이로 인하여 후세 사람들은 도온을 영서지재(詠絮之才, 여자가 글재주가 있음을 비유한 말)가 있다고 일컬었다.
* 와각승두(蝸角蠅頭): 아주 사소한 이익이나 명리를 형용한 말이다. 『장자』「양칙」편에는 "달팽이의 왼쪽 촉수에는 촉씨(觸氏)라는 사람의 나라가 있었고, 달팽이의 오른쪽 촉수에는 만씨(蠻氏)라는 사람의 나라가 있었는데, 자주 영토 때문에 서로 다투어 전쟁을 하였다.(有國於蝸之左角者, 曰觸氏, 有國於蝸之右角者, 曰蠻氏, 時相與爭地而戰.)"라는 말이 있다.
* 명친(名親): 양명현친(揚名顯親). 양명은 자식이 이름을 떨치는 것이고, 현친은 부모를 돋보이게 하는 것이다. 즉, 자식이 먼저 사회적으로 큰 공헌을 함으로써 명예를 얻게 되고, 그 결과 부친의 성함이 빛나고 가문의 이름이 빛나게 하는 일이다. 옛날에는 이것을 지극한 효(至孝)라 하였다.

이 투수는 춘하추동 사계절 경물의 순환과 변화를 묘사하면서 인생에 대한 작자 자신의 여러 가지 감개를 표출하였다. 내용 구성 면에서 이 곡은 세 단락으로 나누어진다.

첫 단락은 첫곡 <교목사>부터 네 번째 곡 <요>까지 4곡으로 여기서는 춘하추동 사계절의 풍경을 묘사하였다. 해당화는 비에 젖고, 버드나무는 연기를 머금고, 푸른 봄풀은 들판 사방에 펼쳐져 있어 한 폭의 아름다운 봄풍경을 형성하고 있다. 그러나 좋은 풍경도 길게 가지 않고 순식간에 붉은 꽃잎 휘날려 눈처럼 쌓이고 매실이 누렇게 익는 만춘의 계절에 이르렀다. 계속해서 햇살에 비친 석류꽃이 핏방울처럼 붉고 접시꽃이 뜰에 가득 핀 여름풍경이다. 여름도 매우 빨리 지나가고 뒤이어 찾아온 것이 바로 하얀 이슬이 서리로 맺히고 하늘이 높은 가을이다. 오동잎 떨어지고 연잎이 지며 다듬이소리 급박하고 매미소리 오열하는 풍경은 처량하고 쓸쓸한 분위기를 연출한다. 그러나 먼 하늘에 기러기 떼가 비스듬히 날아가고, 가을 향기가 차례로 피어나면 사람들은 가을 특유의 청려함을 느끼게 된다. 가을이 지나간 후 불식간에 겨울이 찾아온다. 붉은 구름이 빽빽하게 펼쳐지고 북풍이 차갑게 불며 천지가 눈과 얼음에 뒤덮인 겨울에는 시정과 화의가 충만하다. 사계절의 풍경이 아름답긴 하지만 그것들은 너무도 짧아 순간적으로 지나가버리기 때문에 여기서는 문득(俄然)·마침(恰)·갑자기(倏忽)·불식간에(不覺的) 등의 부사를 사용하여 시간의 빠른 변화를 표현하였으며, 이로부터 두 번째 단락을 직접적으로 끌어내었다.

두 번째 단락은 좋은 풍경은 길지 않고 세월은 유수 같다는 작자의 감개이다. 그는 세월의 무정함과 인생의 허무함을 깊이 깨달았다. 예로부터 많은 영웅호걸들은 모두 시간의 흐름을 따라 사라져갔다. 그들이 세운 천하를 뒤덮을 공훈도 결국은 무로 끝나고 말았다. 꽃은 피어도 쉽게 시들고 사람은 만나도 이별하기 마련이다. 자신의 고향과 과거에 유람했던 정각들을 생각하니 지금은 모두 여우와 토끼가 출몰하는 곳으로 변해버렸다. 이로 인하여 그는 세상사람들에게 달팽이 뿔과 같은 허명과 파리머리 같은 조그만 이익을 더 이상 집착하여 추구하지 말라고 권유하였다. 부귀란 꽃을 찾는 나비 같고 일장춘몽일 뿐이다.

마지막 단락은 작자가 내린 결론이다. 인생이 이렇게 무상하다면 그것은 제 때에 즐기는 것만 못하다. 젊은 시절에 사랑과 술잔 속에서 인생의 즐거움을 충분히 누리고, 그렇게 지나가버릴 금당풍월을 저버리지 말라는 것이다.

전곡을 꿰뚫고 있는 중심 사상은 좋은 풍경은 길지 않고 인생은 꿈과 같아 제 때에 즐기는 것만 못하니 눈앞의 시간을 소중히 아끼라는 것이다. 이러한 사상은 고대 시문 속에 흔히 보이며 원곡에서 더욱 두드러지게 보인다. 이것은 원대라는 사회가 특별히 부패하고 지식인들이 더욱 심한 압박과 박해를 받았기 때문에 그들은 미래의 망막함과 예측하기 어려운 운명의 불안감을 더욱 많이 느꼈을 것이다. 그 중 일부는 눈앞의 현실을 되는대로 살아가려는 생활 태도를 가졌다. 이러한 태도는 표면적으로는 매우 광달하고 초탈한 것 같지만, 실제로는 현실생활의 압박 아래에서 어찌할 수 없는 마음을 표현한 것이다.

부록

백박의 사

원곡 4대가의 한 사람인 백박의 「오동우」·「장두마상」과 「동장기(東墻記)」 등의 유명한 잡극 작품은 후래에 지방희곡의 전통 극목으로 발전하여 지금에 이르기까지도 여전히 희곡무대에서 상연되고 있다. 그의 산곡도 역대로 많은 관심과 찬양을 받아왔지만 이에 비해 사(詞)는 그다지 사람들의 중시를 받지 못하여 언급한 사람도 아주 적을 뿐만 아니라 심지어 그가 사를 창작했다는 사실조차 잘 알려져 있지 않다. 사실 백박은 원곡의 대표 작가일 뿐 아니라 원대의 사를 대표하는 작가이기도 하다.

백박의 사는 청대에 이르러 강희 39년(1700)과 광서 18년(1892)에 『천뢰집』이란 이름으로 두 차례 간행되긴 하였으나 출판 부수가 제한적이다 보니 세간에 폭넓게 전파되지 못하여 아는 사람이 그렇게 많지 않았다. 백박의 사는 수적으로나 질적으로 보아도 중시할만한 가치가 충분히 있었지만 그의 사는 오랫동안 사장되어 세상에 알려지지 못했다. 그리고 원곡에서 그의 명성이 너무 컸던 탓에 굳이 잘 알려지지 않은 사를 언급하려고 시도한 사람도 아주 적었다.

1979년 당규장이 편집한 『전금원사(全金元詞)』가 출판된 후에야 비로소 백박의 사는 사람들에게 점점 알려지기 시작하였다. 여기에 수록된 백박의 사는 모두 104수인데 이것만 가지고 논하더라도 그는 원대의 사작가들 중에서 상당히 많은 사작품을 남긴 대표작가에 속한다. 뿐만 아니라 그의 사를 읽어보면 내용과 형식면에서 원대의 사작품 중에서 상당히 우수한 부류에 속한다는 사실을 확인할 수 있다.

백박의 사에 표현된 내용은 상당히 깊고 넓어 당시의 국가대사를 반영한 작품도 적지 않다. 여기에는 몽고족의 통일대업과 공훈을 세운 신하 장수들을 찬양한 작품도 있는데 이것은 백박의 사 중에서 아주 중요한 일부분이다.

1254년 백박은 박현(亳縣)으로 가서 <봉황대상억취소>(제목을 잃어버림)를 지어 그곳을 지키고 있던 장수 장유를 "가을바람에 피리와 북소리 울리고, 석양에 깃발을 휘날리며, 그대의 위세를 변방까지 떨쳤도다.(笳鼓秋風, 旌旗落日, 使君威震雄邊.)" 라고 칭송하고, 그의 공적을 "강회 지역에서, 삼군이 무력을 과시하고, 만호의 둔전을 일구었네.(江淮地, 三軍耀武, 萬竈屯田.)" 라고 찬양하였다. 특히 몽고의 통일사업 실현에 공훈을 세운 장수들에 대하여 "내년에는 보겠지, 오나라 땅 평정할 일을, 초상이 능연각에 걸리겠네.(明年看, 平吳事了, 圖像凌煙)" 라고 하여 대단한 기대를 표명했다.

몽고족이 전 중국을 통일한 후에 백박은 정치가 안정되고 깨끗해지길 희망하여 <목란화만>(제목을 잃어버림)에서 "음양의 원기를 조절하는 노련한 손길을 붙잡아, 함께 와서 태평한 세상을 보좌하리라.(留著調笑元老手, 卻來同佐昇平)" 하여 그들이 청렴한 정치를 펼칠 수 있길 기대하는 소망을 표현하였다.

이러한 작품들은 흔히 상대방의 비위를 맞추기 위해 상대방의 소망으로부터 출발하여 자신의 찬미의 뜻과 좋은 축원을 표현한다. 비록 그 말에 진심에서 우러나오지 않은 면도 있겠지만 전반적으로는 명예와 부를 동경하고 공명을 찬양하는 작자의 사상을 표현하였다.

현실을 반영한 백박의 사 중에는 국가대계와 민생, 백성들의 질고에 관심을 표명한 것도 있다. <만강홍>「앞의 운을 사용하여(用前韻)」에서는 "바둑이 끝나니 모르는 사이에 세상이 바

꺼었고, 전란으로 강물은 핏물로 가득하네.(棋罷不知人換世, 兵餘尤見川流血)" 라고 하여 악양루의 흥망성쇠에 대한 감탄을 빌어 원나라 군대가 악양에서 일으킨 대량 학살 사건을 암시하였다.

내용과 사상적인 측면에서 백박의 사에서 가장 감동적이고 가치 있는 부분은 망국의 고통과 고국에 대한 그리움을 묘사한 것들이다. 이것들은 백박의 사 중에서 비교적 많은 분량을 차지하고 있다. 이 부분의 사들은 작자의 생활 경력과 사상 감정을 진실하게 반영하였을 뿐만 아니라 혼란한 시대의 사회 상황도 어느 정도 반영함으로써 원호문의 상란시에 비견되는 의미를 갖추고 있다. 대표적인 작품으로는 <목란화만>(聽鳴騶入穀)과 <조중조>(제목을 잃어버림)를 들 수 있다.

<목란화만>(聽鳴騶入穀)에서는 원 세조 17년(서기 1280) 일본이 원나라의 두세충(杜世忠) 등 5명의 사신을 살해하였을 때, "비웃노라 아주 작은 왜놈들이, 상국에 대항하며, 중원에 화를 일으키는 것을.(笑蕞爾倭奴, 抗衡上國, 挑禍中原)" 이라고 하여 일본의 강도 행위를 비난하였다. <조중조>(제목을 잃어버림)에서는 메뚜기 피해가 심각하여 수확할 농작물이 없어 농민들이 떠돌다 죽어가는 상황을 목도하고 재해를 입은 농민들에게 깊은 동정과 연민을 표하고 해충의 피해를 없애 농민이 편안하게 생업에 종사하기를 희망하였다.

심지어 한적한 생활을 묘사한 사에도 당시의 사회상을 반영한 것이 있다. 국가대계나 민생과 관계된 대사가 백박의 사에서 충분히 반영되지는 못했지만 원 왕조 수립 이후 그의 정치적 입장과 사상적 경향을 표명한 것은 그가 마음속으로 이 세상 백성에 대해 걱정하였다는 것을 의미한다. 그러나 이러한

것들이 그의 산곡에는 전혀 나타나있거나 반영되어 있지 않다.

역사고사를 노래한 제재도 백박의 사에서 비교적 자주 보이는 것으로 『천뢰집』에는 10여수가 수록되어 있다. 그는 역사인물이나 유적에 대한 애도를 통하여 고국에 대한 그리움과 자신의 감개를 곡절하게 표현해기도 하고, 자연풍경을 보고 감정을 일으켜 산천에 대한 탄식을 발출하거나 고국에 대한 비애를 토로하였다. 대표적인 작품으로는 <석주만> 「병인년 9월(丙寅九月)」과 <수조가두> 「처음 금릉에 와서(初至金陵)」를 들 수 있다.

<석주만> 「병인년 9월」에서는 두보의 「애강두(哀江頭)」 시를 인용하여 유민의 마음속에 쌓여있는 자신의 깊은 울분과 불만을 반영하였다. <수조가두> 「처음에 금릉에 와서」에서는 역사의 발전을 바로 왕조의 흥망교체라고 보고 "신정에서 어찌 괴로움에 눈물을 흘리는가!(新亭何苦流涕)" 라고 하였다. 천고의 강산은 실로 후세 사람들의 강개와 여한을 불러일으킬 수 있겠지만 단지 "육조의 꿈을 환기하니, 산색이 그 가운데 있다가 없다가 하네.(喚起六朝夢, 山色有無中)" 라고 하여, 역사의 발전에 대해 어찌할 수 없는 허무주의적 태도를 견지하였다. 고금의 흥망과 인간세상의 상전벽해 같은 변화에 대한 개탄을 통하여 옛일을 빌어 지금을 상심해하면서 은근히 고국에 대한 그리움과 슬픔을 표현하였다.

백박은 남녀 사이의 사랑을 묘사하는 데 뛰어난 작가였다. 그의 산곡에서 남녀 사이의 사랑과 이별의 한을 묘사한 작품은 두 번째로 많은데 비록 그 언어는 평이하지만 표현은 직설적이면서도 저속하지 않다. 그의 사에도 그러한 연정을 묘사한 작품이 많으며 그 정서는 산곡과 크게 다르지 않다. 이러한 작품에서 다룬 대상도 연인·가희(歌姬)·악공 등에 이르기까지 그

범위가 대단히 넓다. <만강홍> 「경술년 봄에 연경을 떠나며(庚戌春別燕城)」에서는 연인과 이별할 때의 감정을 아주 사실적으로 묘사하였고, <목란화만> 「가수 번왜가 짓기를 요청하여(歌者樊娃索賦)」와 <수조가두> 「밤에 술에 취해 서루에서 초영을 위해 짓다(夜醉西樓爲楚英作)」에서는 시와 술을 즐기며 유람하고 청루(靑樓)에 빠져 나날을 보내는 그의 생활을 표현하였지만, 그 자신이 사랑한 여자에 대한 감정은 대단히 진지하였다는 것을 어렵지 않게 찾아볼 수 있다. 물론 이러한 제재는 산곡 속에서 더욱 자주 보인다. 그러나 백박이 산곡에서 남녀 사이의 사랑을 표현한 것은 대부분 대언체의 방식을 사용하여 상대방에 대한 그리움의 정을 전달하였다면, 사에서는 자신의 이야기를 직접적으로 나타내었기 때문에 이것들은 백박의 정서와 행적을 이해하는데 필요한 자료적 가치가 풍부하다고 하겠다.

산수를 유람하면서 시와 술로 인생을 즐기는 은일과 한적의 정서를 묘사한 작품도 있다. 여기에는 자연의 뛰어난 풍경과 취향의 즐거움에 심취하여 세상의 부귀공명을 부정하는 염증이 나타나있다. 또 산곡에서와 마찬가지로 그는 자연풍경에 대한 묘사를 통하여 깊은 감회와 미묘한 감정을 표현하였다.

본서에서는 『천뢰집』에 수록된 그의 사 작품 중에서 그의 행적이 잘 나타나 있는 작품과 예술성이 뛰어나다고 평가되는 작품들을 골라서 부록에 수록하여 앞의 산곡과 비교해서 감상하도록 하였다. 작품의 구성은 그의 사에 반영된 주제인 연정 · 축원 · 현실반영 · 역사회고 · 은거자적을 대표하는 작품 27수를 선별하여 수록하고 번역과 주해를 가하였다. 여기에 수록한 원문은 『전금원사』와 『천뢰집』을 저본으로 하고 서로 차이가 나는 부분은 『천뢰집편년교주』의 주석을 참고하였다.

만강홍

경술년(1250) 봄에 연경을 떠나며

구름 같은 머리 무소뿔 빗,
누가 전당(錢塘)의 인물만 하겠나.
돌아와서 다시 기쁜데,
작은 창문의 투명한 휘장,
님은 조용히 홀로 있네.
잠자리를 모시니 무협(巫峽)의 꿈결 같은데,
술잔 들어 홀연히 「양관곡」을 듣는다.
눈물자국 몇 번이나 비단수건 적셨을까,
자리가 길게 이어지네.

남포는 멀어,
돌아갈 마음 재촉하네.
봄풀은 파릇파릇,
봄 물결도 푸르네.
몰래 한없이 넋을 잃네,
훗날의 기쁨은 예측하기 어려워라.
창문 앞 베틀에서 비단을 짜고,
애타게 돌 위에 옥을 갈아 비녀를 만드네.
말머리에서 아쉬워하는데,
기우는 달에 맑은 빛이 사라지니,

언제나 다시 돌아갈까.

滿江紅 庚戌春別燕城

雲鬟犀梳，誰似得，錢塘人物．還又喜，小牕虛幌，伴人幽獨．薦枕恰疑巫峽夢，舉杯忽聽陽關曲．問淚痕，幾度浥羅巾，長相續．

南浦遠，歸心促．春草碧，春波綠．黯銷魂無際，後歡難蔔．試手牕前機織錦，斷腸石上簪磨玉．恨馬頭・斜月減清光，何時復．

* 연성(燕城): 금나라의 수도 연경(燕京)으로 지금의 북경이다. 『천뢰집』에는 항성(杭城)이라 되어있다.
* 소(梳): 『전금원사』에는 침(枕)이라 되어있다.
* 수사득(誰似得): 『천뢰집』에는 수득사(誰得似)라 되어있다.
* 전당(錢塘): 옛날 현의 이름으로 지금의 절강성에 있다. 고시문 속에서는 항상 지금의 항주시를 가리킨다.
* 전당인물(錢塘人物): 육조시대 남제(南齊) 전당(항주)의 명기 소소소(蘇小小)를 가리킨다. 송대 곽무천의 『악부시집』 권85 「소소소가서(蘇小小歌序)」에 보인다. 후에는 미색과 재능을 모두 갖춘 기녀를 가리킨다.
* 천침(薦枕): 첩이나 기생・시녀 따위의 여자가 윗사람을 모시고 잠자리를 같이 하는 것으로 시침(侍寢)이라고도 한다.
* 남포(南浦): 남쪽의 물가. 주로 이별하는 장소로 상용된다.
* 소혼(銷魂): 넋이 나가다. 넋을 잃다. 혼이 빠지다.
* 시수(試手): 시험 삼아 해보다. 『천뢰집』에는 식수(拭手)라 되어있다.

* 복(復): 『천뢰집』에는 복(複)이라 되어있다.

이 사는 제목에서 경술년이라 명기하고 있는데, 백박은 1226년에 태어나서 1306년경에 세상을 떠났으므로 이때의 경술년은 당연히 1250년으로 백박의 나이 24세 때이다. 백박은 어릴 때는 진정에서 아버지와 함께 살았으나 20대를 지나서는 교유의 폭을 넓히면서 자주 연경을 드나들며 풍류를 즐겼던 것으로 보인다.

이 사에서 백박은 연경을 떠나기 전에 청루에서 기녀와 하룻밤을 지내고 이별을 아쉬워하는 마음을 애틋하게 표현하였다. 제3구에서 "돌아와서 다시 기쁜데" 라고 한 것을 보면 백박이 여기를 한번만 다녀간 것이 아님을 알 수 있다.

무협의 꿈결(巫峽夢)은 무산지몽(巫山之夢)과 같은 말로 송옥의 「고당부서」에 나오는 성어이다. 흔히 운우의 정을 나눈다고 할 때 자주 인용된다. 초나라 회왕이 고당(高唐)에 놀러 나와 낮잠을 자다가 꿈속에 무산에 있는 신녀를 만나 운우의 정을 나누었다는 데서 유래하며 흔히 남녀 간의 정사를 지칭할 때 사용한다. 작자는 이렇게 하룻밤 만리장성을 쌓은 후에 이별 노래의 대명사 「양관곡」을 들으며 아쉬운 작별을 고한다.

이 사의 전반부에서는 재회의 기쁨과 운우의 정을 노래하였고, 후반부에서는 주로 이별의 아쉬움과 기약없이 기다려야 하는 여인의 애틋한 심정을 묘사하였다. 남포(南浦)는 남쪽의 물가로 이별의 장소를 뜻한다. 백박이 연경에서 기녀와 사랑을 나눈 뒤에 다시 남쪽으로 내려가면 언제 돌아올지 기약 없다는 아쉬움으로 끝맺음을 하였다.

수조가두

밤에 술에 취해 서루에서 초영을 위해 짓다

두 눈은 가을 샘물을 떠다 놓은 듯 하고,
열 손가락은 이슬 젖은 봄 파 같다.
선녀 같은 자태 먼지에 더러워지지 않고,
아련히 옥같이 아름다운 연꽃 같아라.
자지무(柘枝舞)를 악보에 맞춰 추고,
도화단선(桃花團扇)을 노래할 때,
말없이 봄바람이 불어온다.
이 뜻을 누가 다시 이해하랴,
우리는 바로 사랑에 빠졌다네.

기뻐하며 서로 따르네,
시책 속에서,
술잔 속에서.
사례금이 백만금인들 무슨 소용 있겠는가,
자연스럽게 서로 마음이 통하는데.
날마다 동산의 즐거운 흥취,
밤마다 서루(西樓)의 좋은 꿈,
기우는 달빛이 작은 주렴 사이로 비치네.
무엇으로 속마음을 쓸까,
술에 취해 붉은 비단 쪽지에 쓰노라.

水調歌頭 夜醉西樓爲楚英作

雙眸翦秋水, 十指露春葱. 仙姿不受塵汚, 縹緲玉芙蓉. 舞遍柘枝遺譜, 歌盡桃花團扇, 無語到東風. 此意誰復解, 我輩正情鐘.

喜相從, 詩卷裏, 酒杯中. 纏頭安用百萬, 自有海犀通. 日日東山高興, 夜夜西樓好夢, 斜月小簾櫳. 何物寫幽思, 醉墨錦箋紅.

* 전추수(翦秋水): 『천뢰집』에는 '剪秋水' 라 되어있다. 두 눈의 아름다움을 가을 샘물을 떠다 놓은 것에 비유한 말이다. 당대 시인 이하의 「당아가(唐兒歌) – 두빈공의 아들(杜豳公之子)」에서는 "옷 같은 얼굴, 칠흑 같은 눈썹, 도련님은 참말 사나이다워요. 깊고 찬 모습은 하늘에 드리는 제기이구요, 두 눈은 가을 샘물을 떠다 놓은 것 같아요.(頭玉磽磽眉刷翠, 杜郎生得眞男子, 骨重神寒天廟器, 一雙瞳人剪秋水)" 라고 하였다.
* 춘총(春葱): 봄 파. 여자의 섬세한 손가락을 비유한 말이다.
* 무편(舞徧): 『천뢰집』에는 '舞遍' 이라 되어있다.
* 자지(柘枝): 당나라 장효표(章孝標)의 칠언율시가 있고, 춤 이름으로 자지무(柘枝舞)는 연화대무라고도 한다. 이 춤은 당나라 때 중앙아시아의 석국(石國, 현 타슈켄트)에서 유입된 춤이다. 이 춤의 특징은 모자 끝에 작은 방울을 달아서 무용수가 돌거나 뛸 때 방울소리를 나게 하는 것이다. 방울소리는 반주 악사의 연주와 화음을 이루는데, 악사는 무용수와 어울려 함께 돌기도 한다. 송대까지 유행한 후 점차 중국화 되었다고 한다.
* 전두(纏頭): 해웃값 또는 화대(花代). 앞의 주해 참고.

이 사는 백박이 어느 날 밤 술에 취하여 서루(西樓)에서 사랑하는 기녀 초영(楚英)에게 지어준 것이다. 여기에서 서루는 어느 청루의 누각 이름일 것이나 기녀 초영에 대한 자세한 기록은 없다. 백박은 남녀 간의 사랑을 묘사하는 데 뛰어난 작가이다. 그의 유명한 잡극 「오동우」와 「장두마상」도 당 현종과 양귀비, 배소준(裴少俊)과 이천금(李千金)의 사랑을 노래한 희곡이고, 그의 산곡도 남녀 간의 사랑과 여인의 자태에 대한 묘사가 가장 많다. 특히 그의 대표적인 애정 산곡 [중려] <양춘곡> 「사랑의 마음(題情)」 6수와 [쌍조] <득승악> 4수 등에서 산곡 특유의 대언체 형식으로 여인의 어투를 빌려 남녀 간의 사랑을 애절하게 또는 직설적으로 묘사하였다. 그러나 그의 사에서는 자신이 직접 화류계를 떠돌면서 기녀와 사랑을 나눈 경험을 자신만의 언어로 솔직하게 노래한 점이 다르다.

조중조

(제목을 잃어버림 제1수)

제비도 꾀꼬리도 바쁘게 다투어 꽃을 찾는데.
누군가 일지향을 얻겠지.
이제부터 옥 같이 깨끗한 지조로,
화류(花柳)를 따라 흩날리지 않으려네.

내일 아침에 떠난다네,
연나라 남쪽 조나라 북쪽,
물은 멀고 산은 길게 뻗어.
모두 지금은 기뻐하며 사랑하지만,
남은 이는 훗날에 그리워하겠지.

朝中措 題闕

燕忙鶯亂鬭尋芳. 誰得一枝香. 自是玉心皎潔, 不隨花柳飄揚.
明朝去也, 燕南趙北, 水遠山長. 都把而今歡愛, 留教後日思量.

* 투심방(鬭尋芳): 『천뢰집』에는 '鬥尋芳' 이라 되어 있음.
* 일지향(一枝香): 여지(荔枝)의 별칭. 꽃창포의 일종.

* 연남조북(燕南趙北): 폭넓게 황하 이북 지역을 가리킴.

이 사는 작자가 청루를 찾아 즐겁게 노닌 후에 떠나면서 기녀에게 써준 작품이다. 감정이 진지하고 태도가 엄숙하며 희롱하거나 조소하는 저급한 풍미가 전혀 없고 화간파의 농염한 연지와 분 냄새도 보이지 않는다.

어휘 구사가 완곡하면서 청려하며, 스케치하듯 백묘의 직설적인 수법으로 연정을 묘사하였다. 사랑을 묘사한 연정의 작품 중에서 높은 수준에 도달한 작품이라 할 수 있다. 여기에서 작자가 젊은 시절에 비록 청루를 떠돌며 유흥을 즐겼지만 그의 생활 태도는 기본적으로 엄정하면서 품위도 잘 유지하였다는 것을 알 수 있다.

조중조

(제목을 잃어버림 제2수)

열다섯에 가련해진 아이.
금비녀 쪽진 머리 어깨를 드리우네.
너무 사랑스런 가벼운 옷자락,
더더욱 조그만 꽃 비녀.

강과 산이 눈앞에 펼쳐지고,
손님들이 자리에 가득하며,
냇물처럼 많은 술이 있네.
불편한 연꽃 문양 휘장 아래,
대모로 장식한 화려한 연회석에.

又 題闕

娃兒十五得人憐. 金雀髻垂肩. 已愛盈盈翠袖, 更堪小小花鈿.
江山在眼, 賓朋滿座, 有酒如川. 未便芙蓉帳底, 且教玳瑁筵前.

* 왜아(娃兒): 아동, 아이. 부모가 자기 자녀를 일컬을 때 하는 말. 선배가 후배를 부를 때 하는 말. 18세 미만의 사람

(미성년자).
* 금작(金雀): 황금색 참새 문양의 비녀.
* 취수(翠袖): 청록색 옷깃. 여인의 옷매무새. 여인(미녀).
* 대모연(玳瑁筵): 호화롭고 진귀한 연회.

이 사는 열다섯 살에 청루에 들어가서 곱게 단장하고 처음으로 손님을 맞아 연회에 나가는 어린 기녀의 모습을 노래한 것이다. 정작 작자 자신은 젊은 시절에 수없이 청루를 출입하여 염문을 남겼으면서도, 이제 막 청루에 들어간 어린 기녀의 모습을 보며 애틋한 동정을 보내고 있다.

사의 내용이 상당히 절제되어 있는 가운데 어린 기녀의 사랑스러운 모습과 애잔한 마음이 동시에 표현되어 있어 인간미가 은은하게 풍긴다.

낭도사

(제목을 잃어버림)

예나 지금이나 바다와 산은 푸르고.
달빛이 창가에 비치네 구름 속 문안에서.
몰래 소옥(小玉) 보고 쌍성에게 알리라고 하니.
얇은 비단옷을 정돈하고 비스듬히 나와서,
문밖에서 교태스레 맞이하네.

등잔불 어둑하고 술은 약간 깨는데.
머리카락과 비녀가 어지럽게 흩어졌다.
봄 한철 마음속의 일을 진심으로 말하노라.
밝은 달밤 한적한 이불에 냉기가 쉽게 들면,
누가 다시 나를 자네라 부르겠나.

浪淘沙 題闕

今古海山情. 月牖雲扃. 潛教小玉報雙成. 整頓羅衣斜斂出, 門外嬌迎.

燈暗酒微醒. 鬢亂釵橫. 一春心事語丁寧. 明夜閑衾容易冷, 誰復卿卿.

* 감출(歛出): 『천뢰집』에는 '斂出' 이라 되어있다.
* 소옥(小玉): 「장한가」에서 마중 나온 시녀의 이름이다. 서왕모의 시녀임.
* 쌍성(雙成): 「장한가」에서 선녀의 측근 시녀 이름이다. 서왕모의 시녀임.
* 경경(卿卿): 아내가 남편을 부르는 말.

이 사는 백박이 청루를 찾아서 정을 나누는 장면을 묘사한 것이다. 내용으로 보아 소옥이 하녀이며 쌍성이 작자의 연인인 듯 하다. 특히 마지막 구에서 경경(卿卿)이라는 말은 아내가 남편에게 이르는 말로 아주 친근함을 표현한 것이다.

『세설(世說)』「혹익(惑溺)」에 의하면 진(晋)나라 왕안풍(王安豊)의 아내가 남편을 경(卿, 자네)이라 부르자 안풍이 어찌하여 자네라 부르는지 물었다. 그러자 그 아내는 "그대를 친히하고 그대를 사랑하므로, 그대에게 자네라 부르오. 내가 자네라 부르지 않으면, 누가 그대를 자네라 하리오.(親卿愛卿, 是以卿卿, 我不卿卿, 誰當卿卿)" 라고 말했다고 한다. 즉 여기에서 백박이 찾은 여인은 쌍성이라는 기녀인데 이미 둘의 관계가 부부 이상으로 깊다는 것을 알 수 있다.

목란화만

가수 번왜가 짓기를 요청하여

애인 중에 가장 좋은 것은,
진실로 꽃과 달 그리고 정신이라네.
여의주를 꿰는 듯한 노랫소리 들리는데,
소리는 상아 박판에 맞춰 고르고,
목 메인 물은 구름을 휘감는다.
풍류스런 옛집의 번소,
앵두 같은 입술,
그 이름이 낙양의 봄을 움직였다네.
천고의 동산에서 흥에 겨워,
한순간 북해에서 맑은 술잔 들이키네.

하느님은 자유의 몸을 구속하지 않고.
나를 붉은 치마폭에 술 취하도록 내버려둔다.
그리워라 고국 한단,
황량한 누대와 고목들,
시를 지어 혼을 부르노라.
청산은 몇 년 동안 근심이 없는데,
단지 눈물 자국만,
달라서 그전보다 새롭네.
비파에 한을 쓰지 마라,

그대와 함께 가는 나그네이니.

又 歌者樊娃索賦

愛人間尤物, 信花月 · 與精神. 聽歌串驪珠, 聲勻象板, 咽水縈雲. 風流舊家樊素, 記櫻桃 · 名動洛陽春. 千古東山高興, 一時北海清樽.

天公不禁自由身. 放我醉紅裙. 想故國邯鄲, 荒臺老樹, 儘賦招魂. 青山幾年無恙, 但淚痕 · 差比向來新. 莫要琵琶寫恨, 與君同是行人.

* 우물(尤物): 뛰어난 미인. 가장 좋은 물건. 특출한 인물이나 물건.
* 이주(驪珠): 용의 턱 아래에 있다고 전해지는 구슬. 사람이 이를 얻으면 온갖 조화를 마음대로 부릴 수 있다고 한다. 일명 여의주라고 한다.
* 상판(象板): 상아로 만든 박자판.
* 번소(樊素): 당나라 백거이의 기생첩으로 노래를 잘했다고 한다. 소만은 춤을 잘 추고 번소는 노래를 잘했었는데 백거이가 늙고 병들었을 때 빚에 의하여 부득이 번소를 놓아주게 되어 서로 이별을 매우 아쉬워했다 한다. 백거이의 작품에 "앵두 같은 번소의 입이요, 버들 같은 소만의 허리로다." 라는 시가 있다.

이 사는 청루에서 번왜라는 기녀와 즐기면서 그녀의 요청에 의해 지은 작품이다. 세상에 구속 받지 않고 마음껏 술에 취해 만사를 잊고자 하는 마음 가운데 망국의 한이 서려 있어 눈길을 끄는 작품이다.

추색횡공

매화를 노래하다

순천 장후 모씨가 태모의 명으로 짓다
임자년(1252) 겨울

낙엽은 떨어지고 가을 지나 겨울 왔네.
사랑스런 매화가지 멀리 뻗어나가,
따뜻한 기운이 은밀히 통하였나.
황제가 일어나 궁녀의 화장 바랬는데,
새로이 옅게 화장한 복스런 얼굴.
얼어붙은 꽃은 파리한데,
누런 꽃자루는 녹아있다.
자연스럽게 숲속에 바람 불어온다.
부럽게도 꿀벌과 나비가 시끄럽게 날아다니네,
울긋불긋 아름다운 꽃 속에서.

어디선가 꽃을 보니 흥취가 높아진다.
장춘지(藏春池) 건물에,
달빛이 주렴 내린 창문 안으로 비치네.
한 통의 정중한 하늘 끝 편지,
장단역(腸斷驛)에서 서로 만나자고 하네.
관문의 산길은, 수만 겹이네.
어젯밤 대통에 담긴 눈물 젖은 편지를 생각하노라.

말머리의 그윽한 향기,
먼저 꿈속으로 달려가리라.

秋色橫空 詠梅

順天張侯毛氏以太母命題索賦, 時壬子冬

搖落秋冬. 愛南枝迥絕, 暖氣潛通. 金章睡起宮妝褪, 新妝淡淡丰容. 冰蕤瘦, 蠟蒂融. 便自有翛然林下風. 肯羨蜂喧蝶鬧, 豔紫妖紅.

何處對花興濃. 向藏春池館, 透月簾櫳. 一枝鄭重天涯信, 腸斷驛使相逢. 關山路, 幾萬重. 記昨夜筠筒和淚封. 料馬首幽香, 先到夢中.

* 영매(詠梅): 『천뢰집』에는 없다.
* 태모(太母): 황제의 모친과 조모를 말한다. 『천뢰집』에는 조매(早梅)라 되어있다.
* 시임자동(時壬子冬): 『천뢰집』에는 없다.
* 남지(南枝): 남쪽으로 뻗은 초목의 가지, 즉 일찍 피는 매화의 가지를 말한다.
* 봉용(丰容): 『천뢰집』에는 풍용(豊容)이라 되어있다.
* 납체(蠟蒂): 황납색 꽃자루.
* 소연(翛然): 얽매이지 않는 모양. 자유자재인 모양.

1234년 금나라가 멸망한 후 백박의 아버지 백화는 몽고군에 투항한 장수 사천택과 장유에게 의탁하여 1275년 사천택이 세상을 떠날 때까지 40여 년간 그들과 밀접한 관계를 유지하였는데, 이 시기에 백박이 지은 작품들 중에는 그들과의 교유 과정 속에서 나온 것들이 많다.

백박은 임자년(1252) 27세에 순천(順天, 지금의 하북성 보정)에 갔다가 장유의 아내인 장후 모씨(毛氏)의 부탁으로 이 사를 지어 매화의 아름다움을 노래하였다.

수양

봄을 보내며

임자년(1252) 겨울에 순천을 잠시 유람했는데, 장후 모씨의 언니 정경(正卿)이 나를 초대하여 부인을 뵈러 갔다. 얼마 안 있어 머물면서 술을 마시다가 「매화를 노래하다」 사 한수를 지어 「옥이추금환(玉耳墜金環)」으로 노래하고, 「봄을 보내며(送春)」 사 한 수를 지어 「수양(垂楊)」으로 노래하였다. 사가 완성되자 은혜롭게 비단 네 단을 주었다. 부인은 대명로(大名路) 사람으로 고금을 말할 수 있고 손님을 좋아하였다. 스스로 말하기를, 어릴 때 나이가 약 80세 된 늙은 비구니가 있었는데, 일찍이 옛곡 「수양」을 가르쳐주어 음조가 지금까지도 생생하다. 그 내용은 소동파가 보완한 「동선가」 사와 비슷하였다. 중통 건원 연간에 수춘(壽春)의 무역시장에서 남방의 사를 얻었는데 「수양」 3수가 있었다. 그 중 한 수는 바로 옛날부터 전해오던 것이었다. 그 후에 부인이 참으로 평화로운 집안의 사람이었다는 것을 알게 되었다.

고향의 두견새.
심히 해마다 부르는데,
봄빛은 돌아간다.
높은 성곽에 올라 멀리 바라보니,
안개 자욱한 물에 남포가 희미하다.
꽃 파는 소리 천가(天街)까지 울리는 새벽에,

모두 들어가네,
봄바람 부는 뜰 안으로.
마침 깁으로 된 창문에,
깊이 자다가 깨어나서,
깜짝 놀라 푸른 눈썹에 수심이 가득하네.

밤새 광풍이 불고 비바람 몰아쳐,
한스럽다 서원에,
아름다운 풍경 황망이 붙잡아두기 어렵네.
향기로운 화초를 점검해보는데,
꾀꼬리와 제비는 전혀 말이 없다.
섬섬옥수로 공연히 배나무 가지를 비틀어 꺾어,
한식을 앞두고, 마음이 울적하다.
동군에게 묻노니,
떨어지는 꽃잎의 주인은 누구인가.

垂楊 送春

壬子冬, 薄遊順天, 張侯毛氏之兄正卿, 邀予往拜夫人. 既而留飮, 撰詞一詠梅, 以玉耳墜金環歌之, 一送春, 以垂楊歌之, 詞成, 惠以羅綺四端. 夫人大名路人, 能道古今, 雅好客. 自言幼時, 有老尼, 年幾八十, 嘗敎以舊曲垂楊, 音調至今了然, 事與東坡補洞仙歌詞相類. 中統建元, 壽春榷場中, 得南方詞編, 有垂楊三首, 其一乃向所傳者, 然後知夫人真承平家世之舊也.

鬬山杜宇. 甚年年喚得, 韶光歸去. 怕上高城望遠, 煙水迷南浦.

賣花聲動天街曉, 總吹入 · 東風庭戶. 正紗窗 · 濃睡覺來, 驚翠蛾愁聚.

一夜狂風橫雨. 恨西園 · 媚景匆匆難駐. 試把芳非點檢, 鶯燕渾無語. 玉纖空折梨花撚, 對寒食 · 厭厭心緒. 問東君, 落花誰是主.

* 호객(好客): 『전금원사』 호인(好因)이라 되어있다.
* 각장(榷場): 국경지역에 설치한 무역시장.
* 소광(韶光): 춘광(春光). 봄경치. 봄빛.
* 천가(天街) : 수당시대 경성인 장안성 주작대가(朱雀大街)의 별칭이다. 승천문가(承天門街)의 약칭으로 보는 사람도 있다. 즉 승천문가가 황제가 거처하던 처소와 정사를 처리하던 태극궁으로 바로 통하기 때문에 천가(天街)라고 일컬었고, 주작문가(朱雀門街)는 황제의 황궁문과 통하는 대로이기 때문에 천문가(天門街)라 칭한다는 것이다.
* 취아(翠蛾): 여인의 푸른 눈썹. 궁녀.
* 방비(芳非): 향기로운 화초. 화초의 향기.

백박은 임자년(1252) 27세에 순천에서 장후 모씨의 부탁으로 앞의 사 「매화를 노래하다」를 지은 다음, 다시 모씨의 언니 모정경(毛正卿)의 초대를 받고 환담하다가 이 사를 지어 봄을 보내기 아쉬워하는 마음을 노래하였다. 이 시기에 백박은 그의 스승 원호문을 따라서 연경과 순천 · 진정 사이를 왕래했을 것으로 보인다.

원호문의 「모씨가훈후발어(毛氏家訓後跋語)」에 의하면 그의 후처가 모씨(毛氏)로 장유의 아내와 같은 집안 출신임을 알 수 있고, 또 옹방강의 『원유산연보』에는 원호문이 7월에 순천에 가서 「순천영건기(順天營建記)」를 지었다는 기록이 있어 그러한 추측을 가능하게 해준다. 당시에 장유는 여전히 군민만호(軍民萬戶)로서 원나라의 막강한 병력을 지휘하고 있었으며, 원호문과 함께 그의 보호 아래 있던 백박은 이때(29세, 1254) 순천에서 <봉황대상억취소>를 지어 장유의 승전과 공덕을 칭송하였다.

봉황대상억취소

(제목을 잃어버림)

가을바람에 피리와 북소리 울리고,
석양에 깃발을 휘날리며,
그대의 위세를 변방까지 떨쳤도다.
부러운 듯 표범 같은 용맹한 군대를 손짓하여 부르며,
관인을 허리에 찬다.
많으면 많을수록 처리하기 쉽다고 말하면서,
옥절(玉節)을 들고 박읍(亳邑)으로 다시 옮긴다.
강회(江淮)의 땅에서,
삼군이 무력을 과시하고,
만호의 둔전을 일구었네.

전쟁터에서.
몇 번이나 연회를 열었던가,
미륵창을 들고 정문을 지켰지,
빈객들의 화려한 연회에서.
대청 위에서 부르는 우아한 노래에 익숙하여,
술잔 앞에서 춤을 춘다.
더욱이 주령절(酒令節)이라 일컬으며,
취향(醉鄉)을 바라보니,
강물처럼 술이 있네.

내년에는 보겠지,
오나라 땅 평정할 일을,
초상이 능연각에 걸리겠네.

鳳凰臺上憶吹簫 題闕

笳鼓秋風, 旌旗落日, 使君威震雄邊. 羨指麾貔虎, 斗印腰懸. 盡道多多益辦, 仗玉節·亳邑新遷. 江淮地·三軍耀武, 萬竈屯田.

戎軒. 幾回開宴, 有畫戟門庭, 珠履寶筵. 慣雅歌堂上, 起舞樽前. 況是稱觴令節, 望醉鄉·有酒如川. 明年看·平吳事了, 圖像淩煙.

* 위진(威震): 『천뢰집』에는 '威振' 이라 되어있다.
* 휘(麾) 대장기. 지휘하다.
* 비호(貔虎): 표범과 호랑이. 용맹한 장사나 군대.
* 두인(斗印): 무장의 관인. 『천뢰집』에는 투인(鬥印)이라 되어있다.
* 만조(萬竈): 군사의 식사를 위하여 만든 만대의 아궁이로, 수많은 군사의 진영을 뜻한다.
* 융헌(戎軒): 싸움에 쓰는 큰 수레. 병기와 수레. 전쟁을 뜻함. 『천뢰집』에는 환연(歡然)이라 되어있다.
* 개연(開宴): 『천뢰집』을 따랐다. 『전금원사』에는 '□□' 라 되어있다.
* 화극(畫戟): 아름답게 색칠한 창을 말하는데, 관부(官府)의 문을 지킬 때에 병졸들이 지니는 것이다.
* 유(有): 『천뢰집』을 따랐다. 『전금원사』에는 '□' 라 되어있

다.

* 주리(珠履): 구슬로 꾸민 신을 신은 빈객, 즉 상등의 빈객을 말한다. 『사기』「춘신군전(春信君傳)」. 춘추시대 초나라 춘신군(春申君)의 식객 3천 명 중에 상객(上客)은 모두 구슬신(珠履)을 신었다. 초나라 춘신군은 식객이 3천 명이고, 조나라의 평원군도 식객이 3천 명이었다. 평원군이 자기의 식객을 춘신군에게 보냈는데, 호화로움을 자랑하기 위하여 대모잠(玳瑁簪)을 꽂고 칼집도 주옥으로 장식하였더니 춘신군의 식객은 모두 주옥으로 신을 만들어 신었다.
* 보연(寶筵): 『천뢰집』에는 빈연(賓筵)이라 되어있다.
* 상령(觴令): 주령(酒令), 즉 벌주 마시기 등 술자리에서의 놀이를 말한다.
* 상영(觴詠): 술을 마시며 시를 짓거나 읊다. 주연의 흥을 더하기 위하여 마련한 음주의 규칙을 말한다.
* 능연(凌煙): 능연각(凌煙閣). 당 태종 때 공신 24명의 초상을 그려 걸어두고 기념하던 전각이다.

백박의 전기 작품 중에는 원나라 조정과 공신들에 대한 업적을 찬양한 작품들이 다소 있는데 이 사는 백박의 그러한 처세관을 보여주는 작품이다. 이것은 1254년(헌종 4) 29세에 작자가 순천(順天)에 있을 때 장유(張柔)의 승전과 공덕을 칭송하여 바친 사이다.

『원사』「장유전」에 의하면 그때 장유가 박주(亳州)로 진영을 옮기고 강회(江淮) 일대에서 송나라 군대를 격파한 후 그 지역을 성공적으로 안정시킨 공적이 기술되어 있는데, 이는 이 사에서 "옥절을 들고 박읍으로 다시 옮긴다. 강회 땅에서, 삼군이 무력을 과시하고, 만호의 둔전을 일구었네."라고 칭송한 내용과 일치한다.

수조가두

지원 무인년(1278)에 강서 여도산 참정의 수연에서

향기로운 바람이 집집마다 불어오는 새벽,
날씨가 따사로운 구강의 봄.
조정에서 돌아오니 관복과 수레는 기세가 등등하고,
형제들은 금곤옥계 같네.
높은 곳에 올랐던 옛 시절 손꼽아보며,
술잔 올리며 축원하는 말에 귀를 기울이고,
국화를 따서 오래된 좋은 술단지에 넣는다.
남쪽 땅에서는 왕찬을 좋아하고,
동쪽 누각에서는 높은 관리의 장수를 축원한다.

절룡(節龍)은 향기롭고,
동호부(銅虎符)는 무겁고,
거북 인장은 새롭다.
활과 칼로 무장한 수천의 기병이 물밀 듯이,
일찍이 남민(南閩)으로 내려갔네.
담장 밖에 번성한 문하생들,
뜰아래에 빛나는 훌륭한 자제들,
한번 웃으면서 장자의 대춘나무를 가리킨다.
다시 세상을 구제할 인재를 보면서,
도산의 구름 아래 베개 높이 베고 눕노라.

水調歌頭 至元戊寅 爲江西呂道山參政壽

香風萬家曉, 和氣九江春. 朝回冠蓋得意, 玉季和金昆. 屈指登高舊節, 側耳稱觴新語, 采菊舊芳樽. 南土愛王粲, 東閣壽平津.

節龍香, 符虎重, 印龜新. 弓刀千騎如水, 曾爲下南閩. 牆外陰陰桃李, 庭下輝輝蘭玉, 一笑指莊椿. 更看濟時了, 高臥道山雲.

* 옥계화금곤(玉季和金昆): 옥 같은 아우와 금 같은 형이란 뜻으로 아주 훌륭한 형제를 가리킨다. 금곤옥계(金昆玉季)·금곤옥제(金昆玉弟)라고 한다.
* 칭상(稱觴): 헌수(獻壽)라고도 하며, 환갑 등 잔치에서 술잔을 올리는 것을 이르는 말이다. 생일잔치는 물론이지만 특히 환갑·칠순·미수(米壽: 88세)·백수(白壽: 99세) 등 특별한 장수를 축하하는 잔치에서 더욱더 무병장수하기를 비는 뜻으로 당사자에게 술잔을 올리는 것을 말한다.
* 왕찬(王粲, 177-217): 후한 말에서 삼국시대에 활약한 위(魏)나라 시인. 건안칠자(建安七子)의 한 사람으로 자는 중선(仲宣), 별칭은 진공자(秦公子)이다. 조조를 섬겨 시중(侍中)을 역임했고 애수를 띤 시로 유명하다. 특히 서경(西京)이 어지러워지자 형주(荊州)의 유표에게 몸을 의탁해 있으면서 악양루에 자주 올라 고향을 그리워하는 「등루부(登樓賦)」를 지었는데, 그 중에 "강산은 실로 아름다우나 내 고향 아니로세(信美非吾土)"라는 구는 인구에 회자되는 명구이며 그 누각을 중선루(仲宣樓)라 부르기도 한다. 「칠애시(七哀詩)」·「종군시(從軍詩)」 등의 작품이 있다.
* 평진(平津): 평탄한 길 또는 큰 길(大道)이라는 뜻으로, 한

나라 때의 옛 지명이다. 한나라 때의 평진읍(平津邑)은 한무제가 승상 공손홍(公孫弘)을 평진후(平津侯)에 봉했던 곳이다. 그 후 전고로 많이 사용되어 승상 등 고급관료를 광범위하게 가리킨다.

* 절룡(節龍): 용 문양의 어떤 물건을 가리킨다.
* 부호(符虎): 동호부(銅虎符)를 말한다. 한나라 때 조정에서 군수에게 동호부를 내려주었다. 그 후에 주군(州郡)의 장관의 직권을 가리키게 되었다.
* 장외(牆外): 『천뢰집』에는 장하(牆下)라 되어있다.
* 도리(桃李): 문인이나 문하생을 비유한 말이다.
* 난옥(蘭玉): 훌륭한 자제를 비유한다.
* 장춘(莊椿): 『장자』 「소요유(逍遙遊)」에 "옛날에 대춘(大椿)이라는 나무가 있었는데 8천 년을 봄으로 삼고 8천 년을 가을로 삼았다." 라고 하였는데, 후세에 이를 축수하는 말로 사용하였다.

이 사는 참지정사 여도산(呂道山)의 수연을 축하한 것이다. 여도산에 대해서는 자세한 기록이 없어 알 수 없다.

참지정사(參知政事)는 간단히 줄여서 참정(參政)이라고도 한다. 당송시대에는 최고 높은 정무장관 중의 하나였으며, 송대에는 참지정사를 부재상으로 두어 재상의 권한을 견제하고 황제의 권한을 강화시켰다. 원대에는 중서성에 참지정사, 즉 참정을 설치하고 승상 · 평장 · 좌우승 아래에 두었다. 여기에서 당시에 참지정사를 역임한 여도산의 위치는 상당히 높은 통치 지위에 있었다는 것을 알 수 있다.

이 사에서 보듯이 백박은 원나라의 통치자들에 대해 상당히 옹호적이면서 찬양적인 태도를 견지하였다는 것인데, 바로 이러한 이유로 백박의 사에는 나라의 패망과 가정의 파탄에 대한 비분이나 원왕조 통치에 대한 비판이 주선율을 이루지 못하고 있다고 평가된다. 비록 백박이 당시의 시대적 상황에 순응하여 원왕조와 공신들의 비위를 맞추느라 이러한 찬미와 축원이 자신의 진심에서 우러나온 말이 아닐 수도 있겠지만, 다른 측면에서 보면 백박의 내면 깊숙한 곳에 영리를 동경하고 공명을 찬양하는 마음이 자리잡고 있었다는 사실을 부인할 수 없다.

춘종천상래

지원 4년 황제 탄신일에 진정총부에서 수연사를 요청하여

성스러운 별빛이 돌아내려와,
구오(九五) 괘의 나는 용에 응하여,
큰 조화로 하늘에 올라갔도다.
세계만방에서 관복을 갖추니,
단숨에 천하가 잘 다스려졌네.
하늘의 은총이 옛날 웅대한 연경에서 시작됐도다.
서광이 내려온 한 달 동안,
향기가 떠다녔다네,
태액지의 가을 연꽃 사이로.
봉루 앞에서,
금쟁반에 이슬이 받히고,
옥솥에 연기가 나부끼는 것을 보리라.

이원(梨園)에서.
태평곡을 잘 골라,
백관들이 배알하여 술잔을 바치며,
줄지어서 칭송하네.
우소(虞韶) 음악을 아홉 번 연주하고,

만세를 삼창하니,
어찌 바다에서 신선을 구할 필요 있겠는가.
조정에선 팔짱만 끼고 있어도,
자손이 번창하여,
황제의 자리 영원하리라.
만년토록,
즐겁게 큰길에서 격양가를 부르며,
함께 태평성대를 이루리라.

春從天上來 至元四年 恭遇聖節眞定總府請作壽詞

樞電光旋. 應九五飛龍, 大造登乾. 萬國冠帶, 一氣陶甄. 天眷逢古雄燕. 喜光臨彌月, 香浮動 · 太液秋蓮. 鳳樓前. 看金盤承露, 玉鼎霏煙.

梨園. 太平妙選, 贊虎拜兕觴, 鷺序鵷班. 九奏虞韶, 三呼嵩嶽, 何用海上求僊. 但巖廊高拱, 瓜瓞衍 · 皇祚綿綿. 萬斯年. 快康衢擊壤, 同戴堯天.

* 지원(至元): 원나라 세조 쿠빌라이가 중통(中統, 1260-1264)에 이어 두 번째 사용한 연호이다. 1264년부터 1294년까지 30년간이며, 지원 4년은 서기 1267년이다.
* 태액지(太液地): 궁궐 연못.
* 우소(虞韶): 순임금의 음악.
* 시상(兕觴): 『천뢰집』에는 예상(猊觴)이라 되어있다.
* 원반(鵷班): 『천뢰집』에는 원련(鵷聯)이라 되어있다.
* 구선(求僊): 『천뢰집』에는 '求仙' 이라 되어있다.

이 사는 백박이 42세(1267)에 원 세조 쿠빌라이의 53세 생일에 진정로총관(眞定路總管) 겸 부윤 가문비(賈文備)가 백박에게 부탁하여 대신 지어준 장수 축원사이다. 사의 내용을 보면 전부 황제의 업적을 찬양하고 황제의 장수와 장래를 축원하는 무미건조한 언어로만 구성되어 있어서 여기에 어떤 문학적 가치를 부여하기는 어렵다. 그래서 등소기(鄧紹基)는 『원대문학사』에서 이것을 "황제의 생일을 축하하고 장수를 축원한 것은 더욱 진부하고 상투적이다. 이러한 현상은 원대사 속에서 비교적 보편적으로 보이는 현상으로 원대의 사가 쇠미해진 징조이다."라고 혹평을 가하기도 하였다. 그러나 여기에서 우리는 백박의 교유관계와 정치적 현실에 대한 입장을 충분히 엿볼 수 있으므로 이는 그의 생애와 처세관을 이해하는 데는 좋은 자료가 된다.

수룡음

서천을 진압한 사총수를 전송하며

이때 비로소 하나로 통일되었다

장대하게 천년을 품은 풍운의 뜻,
옥룡은 겨우내 누워 지낼 생각이 없었다.
하늘의 가르침이 불러 일으켰지,
뛰어난 재주와 기량을,
사람들은 왕을 보좌할만한 인재라 일컬었네.
뛰어난 전략을 깊이 감추고,
호부(虎符)를 영예롭게 차니,
임금님의 은혜가 짐처럼 무거웠지.
깃발을 보며 모습을 움직이니,
군대의 위용이 일변하여,
붕새의 날개처럼 진을 펼쳐 그 명성을 드날리네.

나는 금릉의 왕기(王氣)를 바라보며,
시간을 보낸다네 구구하게 강좌에서.
누선이 만 척이나 꼬리를 물고,
구당협을 동쪽으로 바라보며,
종횡으로 쇠사슬을 엮었네.
팔진법이 이름대로 만들어지고,
칠종칠금의 공이 이루어져,

남쪽 오랑캐들은 담이 찢어질 정도로 놀랐다네.
훗날 화상이 그려지길 기다렸다가,
기린각에서,
장군을 위해 축하하리라.

水龍吟 送史總帥鎭西天 時方混一

壯懷千載風雲, 玉龍無計三冬臥. 天敎喚起, 崢嶸才器, 人稱王佐. 豹略深藏, 虎符榮佩, 君恩重荷. 看旌旗動色, 軍容一變, 鵬翼展 · 先聲播.

我望金陵王氣, 儘消磨 · 區區江左. 樓船萬艣, 瞿塘東瞰, 從橫鐵鎖. 八陣名成, 七擒功就, 南夷膽破. 待它年畫像, 麒麟閣上, 爲將軍賀.

* 시방(時方): 『천뢰집』에는 시미(時未)라 되어있다.
* 강좌(江左): 장강(양쯔강) 하류의 동남 지역.
* 붕익(鵬翼): 『천뢰집』에는 응익(鷹翼)이라 되어있다.
* 진소마(儘消磨): 『천뢰집』에는 '盡消磨'라 되어있다.
* 만로(萬艣): 『천뢰집』에는 '萬艫'라 되어있다.
* 팔진(八陣): 226년 중국 제갈량이 북벌을 위해 개발한 병법. 64개 소대를 단위로 조직되었는데, 중군은 16개 소대, 그것을 둘러싼 8개의 진은 각각 6개의 소대로 이루어져 있다. 중군의 가운데 자리에는 청 · 적 · 황 · 백 · 흑색 깃발과 북이나 징, 그것을 직접 조작하는 병사들이 서 있다. 지휘관의 명령에 따라 각 색의 깃발이 오르내리고 북소리와 징소

리가 울려 퍼진다. 이 신호에 따라 6개의 소대로 이루어진 천진(天陣)·지진(地陣)·풍진(風陣)·운진(雲陣)·용진(龍陣)·호진(虎陣)·조진(鳥陣)·사진(蛇陣)의 각각의 진은 원진(圓陣, 원 모양) – 곡진(曲陣, 활 모양) – 직진(直陣, 직사각형 모양) – 예진(銳陣, 삼각형 모양)으로 대열을 변화시킨다.

* 칠금(七擒): 칠종칠금(七縱七擒)의 줄임말이다. 일곱 번 잡았다가 일곱 번 풀어준다는 뜻으로, 상대를 마음대로 다룸을 비유하거나 인내를 가지고 상대가 숙여 들어오기를 기다린다는 말이다. 제갈량이 맹획(孟獲)을 사로잡은 고사에서 비롯된 것으로, 마음대로 잡았다 놓아주었다 함을 비유하여 이르는 말이다.

이 사는 서천(西川) 지역을 진압한 원나라 장수 사추(史樞, 1221-1287, 사천택의 조카)의 공적을 칭송하였다.

사추는 원나라 영청(永淸) 사람으로 자는 자명(子明)이고, 사천안(史天安)의 아들이다. 처음에 공신의 아들로 중산부를 맡아 공적을 세웠다. 헌종을 따라 송촉(宋蜀) 지역을 공격할 때 선봉에 서서 고죽애(苦竹崖)를 탈취했다. 세종 때 아리불가(阿里不哥)를 정벌했고, 사천택을 따라 이단(李壇)을 공격했다. 또 승상 백안(伯顔)을 따라 송나라를 멸망시켰다. 관직은 산동동서도선위사(山東東西道宣慰使)까지 올랐다.

수룡음

이원양이 광동의 장수 막하로 가다

밝은 달밤 바람 앞의 아름다운 나무,
휘황찬란한 허리 아래의 황금 부절.
진림의 격문은 왕희지의 필치이고,
붉은 연꽃 향기가 막부에 가득하네.

원대한 뜻으로 다스리며 칼을 어루만지다가,
거리낌 없이 우아하게 노래하며 투호를 한다.
갓끈을 월땅에 길게 매고 잠시 지내며.
오랑캐 땅의 안개와 축축한 비를 보고 쓸어버리리라.

又 李元讓赴廣東帥幕

皎皎風前玉樹, 煌煌腰下金符. 陳琳檄草右軍書. 香滿紅蓮幕府.
政自雄心撫劍, 不妨雅唱投壺. 長纓繫越在須臾. 看埽蠻煙瘴雨.

* 정자(政自): 『천뢰집』에는 '正自' 라 되어있다.
* 간소(看埽): 『천뢰집』에는 '看掃' 라 되어있다.

* 우군서(右軍書): 우군은 진(晋)나라 명필 왕희지인데 그가 일찍이 우군장군이 되었기 때문에 후세에 왕희지를 일컬어 우군이라고 하였다. 우군서는 진(晋) 목제 때 계축년 3월 초에 회계군 산음현 난정(蘭亭)에서 왕희지 · 사안(謝安) 등 당대의 명사 수십 명이 계사(禊事)를 치르고 유상곡수(流觴曲水)의 놀이를 하며 풍류를 만끽했는데, 이때 왕희지가 「난정기(蘭亭記)」를 직접 짓고 쓰고 하였기 때문에 우군서는 왕희지가 쓴 「난정기」를 이르는 말이다.

이 사는 작자의 친구 이원양(李元讓)이 광동으로 가서 남쪽 지방을 평정할 것을 축원한 것이다. 이원양에 대해서는 자세한 기록이 없어 알 수 없다.

수룡음

9월 4일 강주총관 양문경의 수연에서

안문(雁門)의 천하 영웅,
책훈은 오나라 평정보다 뒤에 있었네.
금부에 호부(虎符)를 차고,
청운의 꿈을 지붕에 휘날리며,
유명한 절도사가 되어 앉아서 지켰다네.
천리의 강 언덕,
일시의 회하 유역,
남은 적들을 깨끗이 쓸었네.
사람들이 후덕함으로 돌아가고,
하늘이 남는 경사를 내리며,
섬돌과 뜰 가에 지초와 난초가 피어나는 걸 보았노라.

내가 그림 같은 대궐문을 바라본다.
기세는 아름답고 높은 정자는 새로 지었네.
해마다 이 자리에,
풍류가 영원하리,
중추절과 중양절에.
붉은 계수나무에 향기가 남아있고,
푸른 등자나무는 맛을 제공하며,
푸른 수유는 술을 재촉하네.
여산의 최정상에,

울창한 오로봉이 있듯이,
군후(君侯)의 장수를 찬미하노라.

又 水龍吟 九月四日 爲江州總管楊文卿壽

雁門天下英雄, 策勳宜在平吳後. 金符佩虎, 青雲飄蓋, 名藩坐守. 千里江皐, 一時淮甸, 掃清殘冠. 看人歸厚德, 天垂餘慶, 階庭畔·芝蘭秀.

我望戟門如畫. 氣佳哉·危亭新搆. 年年此席, 風流長占, 中秋重九. 丹桂留香, 綠橙供味, 碧萸催酒. 有廬山絕頂, 蒼蒼五老, 贊君侯壽.

* 의재(宜在): 긍재(肯在)와 같다.
* 금부(金符): 부명(符命)과 같다. 고대에 하늘이나 임금이 내리는 상서로운 물건으로서 명령을 받았다는 증거로 삼았다.
* 여화(如畫): 『천뢰집』에는 청주(晴晝)라 되어있다.
* 신구(新搆): 『천뢰집』에는 '新構' 라 되어있다.
* 차석(此席): 『천뢰집』에는 '此夕' 이라 되어있다.

이 사는 강서성 구강(九江)에서 강주총관(江州總管) 양문경(楊文卿)의 수연을 축하한 것이다. 양문경에 대해서는 자세한 기록이 없어 알 수 없다.

목란화만

기축년(1289)에 호소개와 왕중모 두 안찰사의 절우 민중 부임을 전송하며

당시에 절헌치사가 평강에 있었기 때문에 '오정으로 향한다' 는 구가 있다.

빛나는 쌍절(雙節)을 가지고,
구만리 대붕의 먼 길을 간다.
문장이 아름다워,
천하에 명성이 자자했지.
광릉의 길에서 만나,
아쉬움에 술 한통으로,
옛 친구의 정을 다하지 못하네.
세월은 비도(飛島)에서 빠르게 달려가,
교유하며 부평초처럼 만났다 헤어지네.

문을 나서서 큰 강줄기를 보고 한번 웃는데.
말머리는 오정(吳亭)을 향한다.
또한 길을 나누어 말을 몰고 가,
복건과 절강 지역에서,
의기양양하게 혼란을 평정했네.
강산에 나머지 시심을 보낼까?
생각에 잠겨 배회하는데,

남두성이 문창성을 피해가네.
음양의 원기를 조절하는 노련한 손길을 붙잡아,
함께 와서 태평한 세상을 보좌하리라.

己丑送胡紹開王仲謀兩按察赴浙右閩中任

時浙憲置司於平江，故有向吳亭句

擁煌煌雙節，九萬里·入鵬程. 愛人物鄒枚，文章李梅，海內聲名. 相逢廣陵陌上，恨一樽·不盡故人情. 歲月奔馳飛鳥，交遊聚散浮萍.

出門一笑大江橫. 馬首向吳亭. 且分路揚鑣，七閩兩浙，得意澄清. 江山儘供詩否，想徘徊·南斗避文星. 留著調元老手，卻來同佐昇平.

* 기축(己丑): 『천뢰집』에는 이추(已醜)라 되어있다.
* 평강(平江): 지금의 호남성 악양시에 속한다.
* 절우(浙右): 절강의 오른쪽으로, 장강 동쪽에서 회계산 남쪽에 이르는 지역이다. 즉 지금의 절강성 일대를 말한다.
* 민중(閩中): 한나라 때의 군(郡) 이름으로 옛날 복주부(福州府)의 별칭이다. 지금의 복건성과 절강성 동남부에 속한다.
* 호소개(胡紹開): 『천뢰집』에는 유소문(劉紹聞)이라 되어있다.
* 쌍절(雙節): 당대에 절도사가 출행할 때 쓰던 의장이다.
* 붕정(鵬程): 상상의 큰 새인 대붕(大鵬)이 날아가는 먼 길이라는 뜻으로 앞으로 가야 할 머나먼 길을 말한다.
* 이매(李梅): 『천뢰집』에는 이두(李杜)라고 되어있다.

* 광릉(廣陵): 현재의 강소성 양주시의 중심지이다.
* 분치비도(奔馳飛鳥): 『천뢰집』에는 빈사비도(賓士飛鳥)라 되어있다.
* 오정(吳亭): 지명으로 능정(夌亭)이다. 지금의 강소성 단양현(丹陽縣) 동쪽, 무진현(武進縣) 서쪽에 있다. 삼국시대 오나라 손권이 여기에서 호랑이를 쏴 죽인 적이 있다.
* 차분(且分): 『천뢰집』에는 간분(看分)이라 되어있다.
* 양표(揚鑣): 말을 몰고 간다는 뜻이다.
* 칠민(七閩): 고대에 지금의 복건성과 절강성 남부에 살던 민인(閩人)을 가리킨다. 즉 지금의 복건성 지역이다.
* 양절(兩浙): 절동(浙東)과 절서(浙西)의 합칭이다. 당 숙종 때 석강(析江) 남동쪽의 길을 절강동로와 절강서로라 하고, 전당강 이남을 절동, 이북을 절서라 하였다. 송대에는 양절로(兩浙路)가 있었는데, 관할지는 지금의 강소성 장강 이남과 절강성 전역이었다. 지금의 강소성은 부춘강 등지를 경계로 절동과 절서로 나눈다. 양절은 절강성을 가리킨다.
* 잉공시부(賸供詩否): 『천뢰집』에는 '剩供詩否' 라 되어있으나, 『전금원사』에는 '否' 자가 '□' 로 되어있다.
* 남두(南斗): 남방에 두형(斗形)을 이루고 있는 일곱 개의 별이다.
* 남두피문성(南斗避文星): 남두성이 문창성을 피한다. 두보는 시에서 "남두성이 문창성을 피한다(南斗避文星)" 라고 하고, "남극성이 북두성에 조회한다(南極一星朝北斗)" 라고 하였다. 즉 문창성과 북두성은 모두 천자가 거처하는 자미궁에 속한 높은 별자리이므로, 그 하위에 있는 남두성이 문창성을 피하고 남극성이 북두성에 조회하러 간다는 것이다. 이처럼

옛사람들은 하늘의 별 세계에도 엄연히 질서가 있는 것으로 여겼다.

* 조원수(調元手): 조원의 손길. 음양의 원기를 조화시키는 솜씨, 즉 국가의 대사를 주관하는 정승의 경륜을 말한다.

이 사는 안찰사 호소개와 왕중모를 전송하며 지은 작품이다. 호소개는 원대 산곡작가인 호지휼(胡祇遹)로 자가 소개(紹開) 또는 소문(紹聞)이다. 세조 쿠빌라이 때 원외랑·태원로치중·하동산서도제형안찰부사·형호북도선위부사·제녕로총관 및 산동 절서 제형안찰사 등을 역임하였다. 왕중모는 그와 동시대 인물로 보이지만 자세한 기록은 찾기 어렵다. 당시에 호소개와 왕중모는 절강과 복건 지역의 안찰사의 직무를 맡아 떠나게 되었으며, 백박은 그들을 전송하며 이 사를 지었다. 안찰사는 주로 각 도의 업무 순찰을 하면서 성급 단위의 형법을 주관하였다. 즉 지방장관의 업무를 감독하고 그 지역의 사법을 책임지고 있었기 때문에 상당히 높은 직책이다. 이는 작자의 교유 범위가 중앙관료로부터 지방장관에 이르기까지 대단히 폭넓게 이루어지고 있었다는 것의미한다.

수조가두

처음 금릉에 와서 제공들을 만나 함께 술을 마시다가 『북주집』의 「함양회고운」으로 짓다

푸른 연기 교목을 둘러싸고,
화려한 꿩은 차가운 하늘을 의지한다.
행인은 날이 저물어 고개를 돌려,
손가락으로 옛 별궁을 가리킨다.
용과 범 같은 웅장한 산세는 다행히 잘 있는데,
물어보건대 석성과 종부 중에,
형세가 어느 것이 더 웅장한가.
한 통의 술에 강개한,
남북의 몇몇 늙은 노인이여.

아침구름을 시로 짓고,
밤달을 노래하며,
봄바람에 취한다.
신정(新亭)에서 어찌 괴로움에 눈물을 흘리는가,
흥망은 고금이 같은데.
주작교 주변의 들꽃,
백로주 주변의 강물.
남은 한이 언제나 끝나려나.
육조의 꿈을 환기하니,

산색이 그 가운데 있다가 없다가 하네.

初至金陵, 諸公會飮, 因用北州集咸陽懷古韻

蒼煙擁喬木, 粉雉倚寒空. 行人日暮回首, 指點舊離宮. 好在龍蟠虎踞, 試問石城鍾阜, 形勢爲誰雄. 慷慨一尊酒, 南北幾衰翁.

賦朝雲, 歌夜月, 醉春風. 新亭何苦流涕, 興廢古今同. 朱雀橋邊野草, 白鷺洲邊江水, 遺恨幾時終. 喚起六朝夢, 山色有無中.

* 용반호거(龍盤虎踞): 호랑이가 걸터앉아 있고 용이 서려 있다는 뜻으로 웅장한 산세를 의미한다. 강소성 금릉(金陵, 지금의 남경)을 묘사한 말에서 유래되었다. 송나라 때 간행된 역사 지리서 『유조사적편류(六朝事跡編類)』에서는 금릉의 지세를 묘사하면서 제갈량의 말을 인용하여, "종부는 용이 서린 듯한 모습이고, 석성은 호랑이가 걸터앉아 있는 형상이다.(鐘阜龍盤, 石城虎踞)" 라고 하였다. 종부는 남경 동쪽에 있는 종산(鐘山)으로, 종부용반은 종산에서 시작되는 산맥이 마치 용이 서린 것처럼 동쪽에 포진해 있음을 묘사한 것이다. 석성은 석두성(石頭城)을 말한다. 여기서 유래하여 호거용반(虎踞龍盤)은 호랑이와 용의 모습을 빗대어 웅장한 산세나, 산세가 험준하여 적을 막아내기 쉬운 지형을 뜻하게 되었다.
* 신정(新亭): 옛 지명으로 지금의 강소성 남경시 서남쪽에 있다. 배산임수 지형으로 풍경이 수려하다.
* 신정하고유체(新亭何苦流涕): 전고는 남조시대 송나라 유의

경(劉義慶)의 『세설신어』 「언어」에 나온다.

* 주작교(朱雀橋): 진회하에 있는 다리 이름으로, 지금의 남경시 취보문(聚寶門) 안에 있는 진회교(秦淮橋)가 바로 그 유적이다. 이 다리는 오의항(烏衣巷)에 있다.
* 백로주(白鷺洲): 고대 중국의 장강 가운데 있던 모래섬을 백로주(白鷺洲)라고 불렀다. 원래 남경 수서문(水西門) 밖에 있었는데, 후에 강물이 서쪽으로 유로를 바꾸면서 육지와 합쳐졌다.

이 사에서 작자는 고금의 흥망과 인간세상의 상전벽해 같은 변화에 대한 개탄을 통하여 옛일을 빌어 지금을 상심해하면서 은근히 고국에 대한 그리움과 슬픔을 표현하였다.

이 사는 원 세조 지원 17년 경진년(1280) 그가 금릉(지금의 남경)에 이주한지 얼마 되지 않은 봄날에 쓴 것으로 당시 그의 나이는 54세였다. 금릉은 삼국시대 오나라와 동진, 남조시대 송·제·양·진의 도성이었기 때문에 여섯 왕조의 고도라 일컬어진다. 서진의 멸망으로 사마예에 의해 강남에 세워진 망명왕조 동진시대 초기에 중원을 잃고 내려온 신하들이 남경 근교의 신정(新亭)에 자주 모여 연회를 베풀곤 했는데, 이때 태자소부를 지낸 주의(周顗)가 "풍경은 비슷하지만 산천은 다르구나(風景不殊, 正自有山河之異)" 라고 하자 그 자리에 함께 있던 사람들이 모두 눈물을 흘렸다고 한다.

이 전고는 주로 망국의 유민들이 고국산천을 그리워할 때 자주 인용되는 고사인데 백박은 이를 빌려 금나라 멸망의 여한을 쏟아내었다. 육조시대 도성의 남문밖에 거마 행렬이 끊이지 않았을 정도로 번화했던 주작교 부근엔 들풀만 무성하고 한때 치열한 격전지였던 백로주 옆으로는 왕조흥망의 통한을 머금은 채 강물이 소리없이 유유히 흘러간다. 여기에서 백박은 육조시대 화려했던 도성의 모습을 상기하면서 금원 교체기의 어지러운 세상과 산천에 대한 탄식의 소리를 발출하였다.

사의 앞 2구에서 작자는 웅건한 필치로써 육조시대 궁궐의 처량함을 묘사하고, 계속해서 필봉을 역사로 확대시켜 옛날의 험난했던 일들을 지적하면서 상전벽해 같은 변화에 대한 탄식을 한잔 술로 쏟아내었다. 겉으로 보기에 이 사는 순수한 영사(詠史) 같지만, 사실 그 내면을 자세히 살펴보면 작자가 고금의 흥망을 교량으로 삼고 육조의 멸망을 위로하면서 망국에 대한 자신의 감정을 토로하였다는 것을 알 수 있다. 따라서 사의 마지막에서는 "남은 한이 언제 끝나려나" 라는 하염없는 탄식을 쏟아냄으로써 이 사의 주제와 구상의 의도를 분명하게 나타내었다.

이 사는 급하게 내달리는듯한 기세로 흥망에 대한 작자의 감탄을 완곡하면서도 함축적으로 토로하였으니, 웅장하면서도 깊이가 있고, 품위가 있으면서도 강건하며, 강개함 속에 함축성이 풍부하다고 할 수 있다.

수조가두

(또 지음)

제공들이 보고 앞의 운을 이어서 다시 여러 장을 화운하여 즐겁게 바치다

누선 만 척 아래에,
한 마리 용 같은 종부는 텅 비었네.
연지정은 아직도 그대로 있고,
경양궁은 옮겨졌구나.
꽃과 풀은 오나라 때의 조용한 오솔길이고,
벼와 기장은 진나라의 옛 궁전이고,
겹겹의 웅장한 수루는 없구나.
다시 유신의 자산부(子山賦)를 말하며,
흰머리의 늙은이를 애태우게 근심하노라.

당시를 생각하니,
남과 북의 한이지만,
너무 멀어 관계없는 일이 되었다.
한조각 항복의 백기를 휘날렸으나,
당분간 함께 동화되기는 어려웠네.
벽옥처럼 둥근달 아름다운 나무는 새로운 시름에,

결기각과 임춘각의 좋은 꿈은,
마침내 끝날 때가 되었구나.
후정곡(後庭曲)을 노래하지 마라,
그 소리가 눈물 자욱 속에 있으리니.

又 諸公見賡前韻, 複自和數章, 戲呈施雪穀景悅

樓船萬艘下, 鍾阜一龍空. 胭脂石井猶在, 移出景陽宮. 花草吳時幽徑, 禾黍陳家古殿, 無復戍樓雄. 更道子山賦, 愁殺白頭翁.

記當年, 南北恨, 馬牛風. 降旛一片飛出, 難與向來同. 璧月瓊枝新恨, 結綺臨春好夢, 畢竟有時終. 莫唱後庭曲, 聲在淚痕中.

* 연지정(胭脂井): 원래 이름은 경양정(景陽井)이다. 남조 진(陳)나라 대성(臺城) 안 경양전 앞에 있던 우물이다. 대성은 육조의 궁성으로 그 유적은 지금은 북경동로 이남, 주강로 이북의 구역 안에 있다. 진나라의 경양정은 현재의 동남대학 안의 육조송 옆에 있다. 경양정은 원래 대성 안의 많은 우물 중의 하나였는데, 진(陳)나라 후주 진숙보(陳叔寶, 553-604)가 주색에 빠져 나라를 망치자, 수 문제 양견이 병사를 일으켜 진나라를 정벌하였다. 진 후주는 두 명의 비빈을 데리고 그 안에 숨었다고 한다.

* 자산부(子山賦): 유신(庾信)은 남양군 신야(新野, 지금의 하남성) 출신으로 남조 양나라의 간문제가 태자로 있을 때 그의 아버지 유견오와 함께 두터운 신임을 받았다. 남조를 대표하는 문인이었던 유신은 서위에 이어 북주에서도 후대를

받았다. 평생토록 두터운 예우를 받았으나 양나라에 대한 연모의 정을 잊지 못해 그 비통한 심정을 시문에 결집시켜 나타냈다. 「애강남부(哀江南賦)」가 대표작이다.

* 마우풍(馬牛風): 바람난 말과 소도 달려갈 수 없을 정도로 세월이 멀리 떨어져 있어 관계없는 일이 되었다는 뜻이다.

이 사는 바로 앞의 작품과 같은 시기에 지은 것으로 삼국시대로부터 육조의 종말에 이르기까지 왕조 흥망의 역사를 개괄하였다. 첫 2구에서는 서진의 왕준(王浚)이 만 척의 누선을 이끌고 내려와서 오나라를 멸망시킨 일을 노래하였다. 당대 시인 유우석도 장경 4년(824)에 3년 동안의 기주(夔州) 생활을 정리하고 화주자사로 전근 가던 중에 왕준의 무덤을 지나면서 지은 「서새산회고(西塞山懷古)」 시에서, "서진 왕준의 누선이 익주로 내려옴에, 금릉의 왕기는 어둠속에 거둬졌다.(西晋樓船下益州, 金陵王氣黯然收)" 라고 한 적이 있다. 연지정과 경양궁은 모두 진(陳)나라 마지막 군주 진숙보가 총애하던 비빈들과 함께 주연에 빠져 나라를 망친 이야기를 의미한다.

유신은 남양군 신야 출신으로 남조 양나라 간문제의 두터운 신임을 받았던 인물인데, 서위의 침공으로 양나라가 멸망한 이후 서위와 북주에서도 후대를 받았지만 평생토록 양나라에 대한 그리움을 잊지 못해 그 비통한 심정을 시로 표현하였다. 「자산부」는 바로 유신의 대표작인 「애강남부」를 말한다.

백박은 여기에서 "큰 도둑이 나라를 찬탈하여 금릉이 와해되었다.(大盜移國, 金陵瓦解)" 라고 하면서 조국 양나라의 멸망에 울분을 토로한 유신의 심정을 빌려 그와 비슷한 처지로 살고 있는 자신의 비통한 마음을 우회적으로 기탁하였다. 결기각와 임춘각은 진 후주가 지은 누각이고 「후정곡」은 진 후주가 지은 망국의 음악 「옥수후정화」를 말한다.

탈금표

(제목없음)

<탈금표> 곡은 언제부터 시작되었는지 모른다. 세상에 전하는 것은 <승중수(僧仲殊)> 1편뿐이다. 내가 큰소리로 노래를 부를 때마다 음절을 찾아서 풀이하고, 흉내를 내려고 하였으나, 유감스럽게도 멋진 정취를 얻진 못했다. 경진년(1280)에 건강(建康)에 복거하여 한가한 날에 고적을 찾다가 진(陳) 후주와 장귀비(張貴妃)의 이야기를 채집하여 속마음을 진술하게 되었다. 내가 생각하기에 후주는 경양정(景陽井)의 재앙을 벗어났으나 수나라 원수부 장사 고영경이 청계에서 여화(장귀비)를 죽였다. 후인들은 그것을 슬퍼하여 그곳에 작은 사당을 세우고 사당 안에 두 명의 여인을 소조하고, 다음에 공귀빈을 두었다. 지금 유택이 황량하고 사당의 모습도 남아있지 않다. 이를 감탄한 나머지 악부 청계원을 지었다.

서리 맺힌 청명한 가을,
붉게 물든 노을을 보내는 저녁,
강남과 강북을 그림으로 그린다.
눈앞에 펼쳐진 산으로 둘러싸인 고국,
삼각(三閣)에 남은 향기, 육조의 묵은 자취.
정화유보(庭花遺譜)가 있어,
소리가 애절하여,

듣는 사람을 안타깝게 하네.
당시를 생각하면,
천자는 근심이 없고,
예로부터 미인은 얻기 어려웠지.

낙심한 용(진 후주)이 왕궁의 우물에 빠져,
돌 위에는 눈물 자국 남아있고,
아직도 붉게 젖은 연지가 찍혀있는 듯하네.
오랜 세월이 지나고 지나,
흘러가는 물도 무정하고,
꽃잎이 낭자하게 떨어졌네.
한스럽게도 청계(淸溪)는 여전히 남아 있는데,
중성(重城)은 아득하고,
안개 자욱한 수면은 푸른 하늘까지 이어졌네
서풍을 마주하니,
누구와 함께 혼을 불러,
꿈속에 구름 지나가는 소식 전할까.

奪錦標

奪錦標曲, 不知始自何時, 世所傳者, 惟僧仲殊一篇而已. 予每浩歌, 尋譯音節, 因欲效顰, 恨未得佳趣耳. 庚辰蔔居建康, 暇日訪古, 採陳後主張貴妃事, 以成素志. 按後主旣脫景陽井之厄, 隋元帥府長史高熲竟就戮麗華於青溪. 後人哀之, 其地立小祠, 祠中塑二女郎, 次則孔貴嬪也. 今遺構荒涼, 廟貌亦不存矣. 感歎之餘, 作樂府青溪怨.

霜水明秋, 霞天送晩, 畫出江南江北. 滿目山圍故國, 三閣餘香, 六朝陳跡. 有庭花遺譜, 口哀音 · 令人嗟惜. 想當時 · 天子無愁, 自古佳人難得.

惆悵龍沈宮井, 石上啼痕, 猶點胭脂紅濕. 去去天荒地老, 流水無情, 落花狼籍. 恨青溪猶在, 渺重城 · 煙波空碧. 對西風 · 誰與招魂, 夢裏行雲消息.

* 이성(以成): 『천뢰집』에는 이진(以陳)이라 되어있다.
* 구애음(口哀音): 『천뢰집』에는 참애음(慘哀音)이라 되어있다.
* 삼각(三閣): 진(陳) 후주가 광소전 앞에 세운 세 개의 누각, 임춘각(臨春閣) · 결기각(結綺閣) · 망선각(望仙閣)을 말한다.

이 사는 진(陳) 후주와 장귀비의 고사를 노래하여 망국의 한과 세월의 무상함을 기탁하였다.

진숙보는 남조 진나라 선제의 장남으로 왕위를 계승하여 진나라를 망국의 길로 이끈 마지막 군주다. 재위할 때 궁실을 크게 짓고 종일 애첩들과 연회를 열면서 정치는 등한시했으며, 화려하고 요염한 사를 짓고 새로운 음률을 입히면서 「옥수후정화(玉樹後庭花)」와 「임춘락(臨春樂)」 등과 같은 곡을 지었다. 그리고 스스로 장강이 견고한 것을 믿어 수나라의 대군이 남하했을 때도 술을 마시고 시를 짓는 일을 멈추지 않았다. 수나라 군대가 건강(建康)으로 돌입하자 포로로 잡혀 장안으로 압송되었을 때도 시주(詩酒)를 멈추지 않았다고 한다.

그는 또 광소전(光昭殿) 앞에 임춘각과 결기각 · 망선각이라는 세 전각을 지어 놓고, 자신은 임춘각에 거처하고, 장귀비는 결기각에, 공귀빈(孔貴嬪)과 공귀빈(龔貴嬪)은 망선각에 거처하게 하고, 세 전각을 복도로 이어 왕래하였으며, 또 왕미인(王美人) 등 10여 인을 그 곳에 들어오게 하여 주색으로 나날을 보냈다. 결국 수나라 군대가 들어왔을 때 그는 두 명의 비빈을 데리고 경양정이라는 우물에 숨었다가 발각되었다고 한다.

석주만

병인년 9일, 기약했던 양상경이 오지 않아 두보의 시어를 사용하여 감회를 쓰다

천고의 신주(神州),
하루아침에 재난을 당하여,
높은 언덕이 골짜기로 변하였네.
꿈속에 닭과 개, 눈앞에 고향 같고,
고소성은 사슴들의 풀밭이 되었구나.
소릉의 늙은 두보는,
지팡이 짚고 강가를 조용히 걸어가며,
몇 번이나 한을 품고 울음소리 삼켰던가!
세모에 생각이 어떠했던가,
가을바람에 초가집이 부서질까 걱정했지.

조용히 홀로 지낸다.
굶주림을 채우는데 기댈 데가 있고,
상산의 버섯으로 늙은이도 따뜻하게 지내지만,
그래도 연나라 옥 같은 미인은 필요하다네.
흰 옥에는 조그만 흠이 있는데,
누가 남녀 간의 사랑을 구속하는가!
풀이 짙은 마을에,

친구들의 거마소리 조용하여,
표주박은 등한시되고 버려진 술통에는 푸른 술빛이 없다.
비바람이 불어 중양절이 가까운데,
동쪽 울타리엔 국화가 가득 피었네.

石州慢 丙寅九日 期楊翔卿不至 書懷用少陵詩語

千古神州, 一旦陸沉, 高岸深穀. 夢中雞犬, 新豐眼底, 姑蘇麋鹿. 少陵野老, 杖藜潛步江頭, 幾回飮恨呑聲哭. 歲暮意何如, 怯秋風茅屋.

幽獨. 療饑賴有, 商芝暖老, 尚須燕玉. 白璧微瑕, 誰把閒情拘束. 草深門巷, 故人車馬蕭條, 等閒瓢棄樽無綠. 風雨近重陽, 滿東籬黃菊.

* 육침(陸沉): 육지가 물도 없는데 빠진다.(陸地無水而沈)는 뜻으로 은둔을 비유하는 말이다. 여기서는 나라가 재난에 빠졌다는 뜻이다.

* 고안심곡(高岸深穀): 높은 언덕이 골짜기가 된다는 뜻으로, 산하의 변천이나 세상의 변천을 비유해 이르는 말이다. 상전벽해(桑田碧海)와 같은 뜻이다.

* 계견신풍(雞犬新豐): 유방이 부친의 향수를 달래기 위해 장안성 부근에 고향 패군(沛郡) 풍읍(豐邑, 지금의 강소성 풍현)과 똑같은 마을을 만들어 신풍(新豐, 지금의 서안시 풍진)이라 하고, 원래의 풍읍에 있던 닭과 개도 함께 가져와서 자기 집처럼 여기도록 하였다. 비록 타향에 있지만 사람들이 매우 친절하게 대하여 고향에 있는 것처럼 즐겁게 생활하는

것을 비유한다.

* 고소미록(姑蘇麋鹿): 오나라의 멸망으로 고소성이 쑥대밭이 되어 사슴 등 산짐승들이 와서 놀게 되었다.
* 소릉야로(少陵野老): 당대 시인 두보의 호이다. 「애강두(哀江頭)」 시에서, "소릉의 촌로는 울음을 삼키고 통곡하며, 어느 봄날 몰래 곡강으로 나갔다.(少陵野老呑聲哭, 春日潛行曲江曲)"라고 하였다.
* 요기(療饑): 요기하다. 굶주림을 채우다.
* 상지(商芝): 『천뢰집』에는 준치(蹲鴟)라고 되어있다. 상산사호(商山四皓)가 지어 불렀다는 「자지가(紫芝歌)」 또는 그 노래 속에 나오는 버섯이다. 진시황의 학정을 피해 남전산에 숨어살면서 그들이 불렀다는 이른바 「자지가」에 "색깔도 찬란한 보랏빛 버섯이여, 배고픈 사람에겐 그만이라오(曄曄紫芝, 可以療飢)"라는 구절이 있다.
* 연옥(燕玉): 옥처럼 아름다운 연나라 미녀라는 뜻으로 일반적으로 미녀를 가리킨다.
* 백벽미하(白璧微瑕): 흰 구슬에 있는 작은 흠이라는 뜻으로, 훌륭한 사람에게 있는 약간의 결점을 비유적으로 이르는 말이다.
* 한정(閒情): 한가로운 마음. 남녀 간의 사랑.
* 수파(誰把): 『천뢰집』에는 난파(難把)라 되어있다.
* 표기준(瓢棄樽): 술동이에 술이 없는 까닭에 술 마시는 표주박을 버렸다는 말이다.

이 사는 1266년(지원 3년 병인년) 41세에 나라와 국토가 파괴된 데 대한 감정을 표현한 것이다. 서문에서 “병인년 9일에 기약했던 양상경(楊翔卿)이 오지 않아 두보의 시어를 사용하여 감회를 쓰다” 라고 하여, 두보의 유명한 시 「애강두(哀江頭)」의 시의(詩意)를 운용한 것임을 알 수 있다.

여기에서 작자는 “소릉의 늙은 두보는, 지팡이 짚고 강가를 조용히 걸어가며, 몇 번이나 한을 품고 울음소리 삼켰던가.” 라 하여 일개 유민의 마음속에 쌓여있는 자신의 깊은 울분과 불만을 반영하였다.

「애강두」는 두보가 안녹산의 반란군에 연금되어 있던 해에(757) 그들의 눈을 피해 곡강을 거닐며 읊은 작품으로, 지난해에 난을 피해 촉 땅으로 가는 마외(馬嵬)에서 현종이 부득이 양귀비를 죽인 비극을 연상하며 그들의 애틋한 사랑과 인생무상을 슬퍼했다. 두보의 「애강두」가 바로 뒤이어 백거이의 「장한가」와 진홍의 「장한가전」으로 부연되고, 다시 원나라 때 백박에 이르러 「오동우」 잡극으로 이어지게 되었던 것이다.

심원춘

(또 지음)

보령불전(保寧佛殿)은 바로 봉황대로 여기에 이태백이 시를 남겼다. 송나라 고종이 남쪽으로 내려갔을 때 일찍이 절 안에 잠시 머문 적이 있었다. 어필로 왕형공(王安石)이 승려에게 준 시가 석각되어 있었다. "어지럽고 시끄러운 십년 사이에, 세상 일에 어찌 항상 뻔뻔한 얼굴을 하지 않았던가. 또한 마음을 가을 물처럼 고요히 하려고 하면, 마땅히 몸이 산봉우리의 구름처럼 한적하게 해야 하리라." 그 뜻은 당시에 남북이 혼란하여 나라가 망하여 뿔뿔이 흩어지고 방패와 말안장을 손질하는 사이에 나라를 경영할 뜻이 있는 사람은 백에 하나도 없었는데, 이 시에서는 만약 마음속에 굳게 다짐하는 자가 있다면 이것으로써 자신을 비유하라는 것이다. 나는 한가한 날 놀러왔다가 이태백과 왕안석의 시의에 부연하고, 또 신기질의 「수룡음」에 이연년과 순어곤(淳於髡)의 말을 사용하였다.

내가 산의 형세를 바라보니,
호랑이가 웅크리고 용이 서려있어,
웅장하구나 건강(建康)이여.
생각하노니 노란 깃발과 자주색 덮개 같은 천자의 기상,
동진을 중흥시켜,
아름답게 조각한 난간과 옥돌 층계,

아래로 남당까지 이어졌네.
걸음걸음 연꽃잎 같은 예쁜 발,
아침마다 새로운 아름다운 나무,
궁전에는 오나라 때의 화초 향이 감도네.
지금이 언제인가,
아직도 절에는 소씨(蕭氏) 성이 남아 있어,
사람들이 매화문양 화장을 하네.

장강은.
흥망에 상관하지 않고.
천천히 흘러가는데 영웅의 눈물이 만 갈래네.
물어보노라 제비들의 옛집에,
누구의 집에 주인이 될까,
머리 하얀 늙은이,
오늘 고향으로 돌아간다.
옛날의 깊은 근심을 애도하며,
시를 쓴 사람은 떠나가고,
적막한 높은 누각에 봉황은 없구나.
비스듬히 지는 석양 밖에,
마침 고기잡이배에 노래하는 저녁,
막대기로 고기 잡는 소리로다.

又

保寧佛殿即鳳凰臺, 太白留題在焉. 宋高宗南渡, 嘗駐蹕寺中, 有石刻禦書王荊公贈僧詩雲, 紛紛擾擾十年間, 世事何常不強顏. 亦欲心如秋水靜, 應須身似嶺雲閒. 意者當時南北擾攘, 國家蕩析, 磨盾鞍馬間, 有經營之志, 百未一遂, 此詩若有深契於心者以自況. 予暇日來遊, 因演太白荊公詩意, 亦猶稼軒水龍吟用李延年淳於髡語也.

我望山形, 虎踞龍盤, 壯哉建康. 憶黃旗紫蓋, 中興東晋, 雕蘭玉砌, 下逮南唐. 步步金蓮, 朝朝瓊樹, 宮殿吳時花草香. 今何日, 尙寺留蕭姓, 人做梅妝.

長江. 不管興亡. 謾流盡·英雄淚萬行. 問烏衣舊宅, 誰家作主, 白頭老子, 今日還鄉. 弔古愁濃, 題詩人去, 寂寞高樓無鳳凰. 斜陽外, 正漁舟唱晩, 一片鳴榔.

* 주필(駐蹕): 임금이 행차하다가 잠시 어가를 멈추고 머무르거나 묵던 일.
* 황기자개(黃旗紫蓋): 하늘에 나타난 노란 깃발과 자주색 덮개 같은 구름의 형상. 즉 천자의 기상을 말한다.
* 매장(梅妝): 매화장(梅花妝)의 줄임말. 고대 여인들의 화장법으로, 매화모양을 이마에 장식으로 그렸다. 남조시대 송나라 수양공주(壽陽公主)에게서 비롯되었다고 한다.
* 오의(烏衣): 제비의 별칭. 진나라 때 왕씨와 사씨의 귀족들이 살던 오의항(烏衣巷)에 많았기 때문에 붙여진 이름이다.
* 명랑(鳴榔): 배의 고물에 있는 횡목을 두드려 물고기를 그물에 몰아넣어 잡는 방법이다.

청대 호미원(胡薇元)은 『세한거사화(歲寒居詞話)』에서. “영물의 작품은 사물을 빌어 성정을 기탁한 것이다. 무릇 신세의 감탄, 군왕과 나라에 대한 근심이 은연히 그 속에 내포되어 있어 기탁함이 아주 깊고 하나의 사물을 노래하는 데 그치지 않았다.” 라고 하였다. 이 사에서 작자는 고금을 살펴보고 금릉이 겪은 역대의 흥망과 눈앞의 유적을 바라보면서 깊은 개탄을 발출하였다. 그러나 옛사람의 사는 옛일을 노래하면서 사물을 노래하고 은근히 감회를 노래했기 때문에 대체로 그 속에 내가 있었다.

따라서 좀 더 깊이 관찰해보면 작자가 옛일을 슬퍼하며 깊이 근심한 이유가 금릉의 상전벽해 같은 변화로 망국의 고통을 느끼고 눈앞의 옛날 유적들이 흥망의 감탄을 불러일으켰기 때문이었다는 사실을 발견할 수 있다. 비록 직접적인 표현은 한 글자도 쓰지 않았지만 작자의 사상 감정이 역력하게 나타나있으니 여기에 그 묘미가 있다고 하겠다.

조중조

(제목을 잃어버림)

농가에서는 가을에 곡식이 익으면 많은 창고를 준비하는데.
만물의 변화는 한스럽게도 예측하기 어려워라.
애석하다 넓은 땅의 벼와 기장,
논밭 가득한 메뚜기를 이기지 못하네.
도랑과 골짜기에 가득 넘치고,
길가에 정처 없이 떠도는,
노인과 아이들이 가슴 아프다.
어찌하면 오래도록 평안할 방법을 구해,
사방을 풍요롭게 변화시킬 수 있을까.

又 朝中措 闕題

田家秋熟辦千倉. 造物恨難量. 可惜一川禾黍, 不禁滿地螟蝗. 委填溝壑, 流離道路, 老幼堪傷. 安得長安毒手, 變教四海金穰.

* 일천(一川): 한줄기 강 또는 온 대지(가득한 땅), 아름답고 넓은 것을 가리키는 말이다.
* 위전(委填): 강물이 흘러가서 가득하다.

* 금양(金穰): 풍년을 가리킨다. 태세(太歲)가 금(金)에 있으면 풍년이 든다는 데서 온 말이다.

이 사는 메뚜기 때문에 온 농가가 피해를 입어 백성들이 굶주림에 떠도는 참상을 묘사한 것이다. 이 사가 정확히 언제 지어졌는지에 대한 언급은 없지만 『원사』의 기록과 백박의 행적을 토대로 유추하면 세조 중통 3년 임술년(1262) 5월에 진정(眞定)·순천(順天) 등지에서 발생한 메뚜기 피해일 것으로 추정된다.

그렇다면 이때는 백박이 30대 후반으로 한창 대도를 오가며 방랑생활을 하고 있었는데, 그러한 와중에도 백박이 메뚜기 피해로 고통 받는 노인과 아이들을 동정하고 백성들을 풍요롭게 할 방법을 찾을 수 있기를 기원하였다는 것은 눈여겨 볼만한 대목이다. 그의 사 가운데서 고통 받는 민생의 질고를 노래한 작품은 이것이 유일하지만 이를 통해 백박이 전혀 현실을 도외시하고 행락만을 추구한 인물은 아니었음을 확인할 수 있다.

만강홍

앞의 운을 사용하여 파릉에서 제공들을 이별하며 지원 14년 겨울에

강남을 두루 다녀 봐도,
오직 청산만이 나그네를 머물게 하네.
친구들 사이에,
중년의 슬픔과 즐거움,
몇 번이나 이별했던가!
바둑이 끝나니 모르는 사이에 세상이 바뀌었고,
전란으로 강물은 핏물로 가득하네.
옛날을 탄식하며,
악양루에서 노래하고 춤추는데,
번화함이 사라지네.

滿江紅 用前韻留別巴陵諸公 時至元十四年冬

行遍江南, 算只有 · 青山留客. 親友間 · 中年哀樂, 幾回離別. 棋罷不知人換世, 兵餘猶見川流血. 歎昔時 · 歌舞嶽陽樓, 繁華歇.

* 용전운(用前韻): 『천뢰집』에는 이 말이 없다.
* 파릉(巴陵): 지금의 호남성 악양(嶽陽)으로, 하(夏)나라 후

예(後羿)가 동정호에서 파사(巴蛇)라는 큰 구렁이를 베어죽여 뼈를 쌓았는데 구릉 같았다고 하는데서 지명이 유래하였다. 파사(巴蛇)는 코끼리를 잡아먹으며 3년 만에 그 뼈를 뱉는다고 하는 거대한 구렁이다.

* 유혈(留血): 『천뢰집』에는 '流血' 이라 되어있다.
* 각염(閣閻): 『천뢰집』에는 '여염(閭閻)' 이라 되어있다.
* 파침(破枕): 『천뢰집』에는 '의침(欹枕)' 이라 되어있다.
* 추운(愁雲): 구름이 짙게 드리워 어두컴컴하다. 처량한 마음이나 정경을 가리킨다.
* 연화(煙花): 안개나 아지랑이 속의 꽃.

원 세조 지원 13년(1276) 백박의 나이 51세 때 원나라 군대는 남송의 수도 임안(臨安, 지금의 항주)을 함락시키고 대대적인 학살과 노략질을 감행하여 번화하던 강남지역을 무참하게 짓밟는 만행을 저질렀다.

그 이듬해 겨울에 백박은 파릉(巴陵, 지금의 악양)에서 친구들과 이별하면서 이 사를 지어, 악양루의 흥망성쇠에 대한 감탄을 빌려 순식간에 세상이 뒤바뀌고 전란으로 강물이 핏물로 가득했던 가슴 아픈 역사의 현장에서 과거 원나라 군대가 저질렀던 만행을 넌지시 암시하였다. 이는 원나라의 권력계층과 지속적인 유대관계를 맺고 그들의 비호를 받고 있던 백박이 고통받는 민중들을 위해 보내는 동정이자 내면 깊숙이 자리한 양심의 표현이라고 할 수 있다.

이러한 사는 모두 백박이 사회적 현실과 시사에 관심을 가지고 있었고 전란으로 고통 받는 민중을 동정하는 마음도 가지고 있었음을 의미한다. 여기에서 우리는 현실에 대한 그의 또 다른 인생관을 엿볼 수 있다. 백박의 사에는 국가의 대계와 민생의 질고가 충분히 반영되지는 못했지만 이러한 작품을 통해서 그의 내면에 항상 나라와 백성에 대한 관심과 걱정이 잠재되어 있었다는 것을 알 수 있다. 따라서 금원사(金元詞)를 통틀어서 백박의 사는 어느 정도 현실성을 갖춘 부류에 속한다고 해도 좋을 것이며, 이러한 특징이 그의 산곡에는 전혀 반영되어 있지 않다는 점은 특히 주목할 만하다.

목란화만

(또 지음)

골짜기에 들어오는 말울음소리가 들리니,
놀라서 움직이는,
북산의 원숭이들.
또한 육신을 방랑하며,
세월을 붙들고,
전원을 점검했다.
선생은 사람이 사는 곳에 초가를 엮어,
마침내 몰랐노라 문밖에 세상의 떠들썩한 소리를.
술 취한 후에 맑은 바람이 베갯머리에 이르고,
술이 깨면 밝은 달이 처마에 비치네.

복파(伏波)의 공적이 사서에 빛나고,
마원(馬援)의 모함은 얼마나 원통한가.
비웃노라 아주 작은 왜놈들이,
상국에 대항하며,
중원에 화를 일으키는 것을.
분명 반석 위의 바둑과 같은 형세인데,
멋대로 사람에게 가르치네,
눈을 돌려 스승의 말을 살피라고.
붕새에게 넓고 큰 바다를 물어보나니,

닭과 개 소리 들리는 무릉도원이 어떠한지.

又

聽鳴騶入穀, 怕驚動 · 北山猿. 且放浪形骸, 支持歲月, 點檢田園. 先生結廬人境, 竟不知 · 門外市塵喧. 醉後清風到枕, 醒來明月當軒.

伏波勳業照青編. 薏苡又何冤. 笑蕞爾倭奴, 抗衡上國, 挑禍中原. 分明一盤棋勢, 漫敎人 · 著眼看師言. 為問鯤鵬瀚海, 何如雞犬桃源.

* 명추(鳴騶): 은자를 데려오기 위해 파견된 사자(使者)의 행차를 뜻한다. 공치규의 「북산이문」에서, "사자를 태운 말울음 소리가 골짜기에 들어오고, 은자를 부르는 학두서가 산언덕을 넘어온다.(及其鳴騶入穀, 鶴書赴隴)" 라고 하였다.
* 청편(青編): 푸른 끈으로 엮은 책으로 역사서를 말한다.
* 억이(薏苡): 율무인데 마원억이(馬援薏苡)라는 고사성어와 관계있다. 마원억이는 아무리 좋은 뜻이 있어도 남에게 의심받을 행동을 하면 오히려 자신에게 해가 된다는 뜻이다. 마원(馬援)장군이 북베트남지역에서 율무로 풍토병을 극복하고 승리하였지만 후일에 모함당한 일에서 유래되었다.
* 최이(蕞爾): 아주 작은 모양.
* 곤붕(鯤鵬): 『천뢰집』에는 '鵾鵬' 이라고 되어있다.
* 한해(瀚海): 『천뢰집』에는 벽해(碧海)라고 되어있다.

이 사는 1280년(세조 17)에 일본이 원나라의 두세충(杜世

忠) 등 5명의 사신을 살해한 사건을 두고 비난한 내용이다. 당시 백박의 나이는 대략 50대 중반으로 이미 건강으로 물러나 세상사에 관심을 접고 한적한 생활을 즐기고 있던 중이었다. 그래서 이 사의 전반부에서는 「북산이문」의 내용을 빌려 조용한 은자의 삶을 노래했던 것이다. 북산은 남경의 북쪽에 있는 종산(鍾山)이다. 주옹이라는 사람이 이 산에서 은거하다가 해염현의 현령으로 나갔는데 뒤에 임기가 끝나 다시 북산으로 오려 하자, 공치규가 산신령의 뜻에 가탁한 「이문(移文)」을 지어 그를 못 오도록 거절하였다.

여기에서 작자는 은거해서 살다보니 세상 밖에 떠들썩한 소리를 들을 수 없다고 한 다음, 후반부에서는 다시 현실 밖으로 나와서 복파장군 마원의 고사를 인용하였다.

마원은 후한 광무제 때의 장군으로 농서태수가 되어 남방지역의 강(羌)·저(氐) 등의 이민족을 토벌하는 데 혁혁한 공을 세웠다. 그 후 복파장군에 임명되어 현재의 북베트남 지방의 반란을 토벌하고, 하노이 부근까지 진출하여 그곳을 평정하였다. 그렇게 종횡무진으로 이민족 정벌에 활약하다가 고령에도 불구하고 남방의 무릉만(武陵蠻)을 토벌하러 갔다가 열병환자의 속출로 고전을 면치 못하고 진중에서 병들어 죽었다.

마원의 이민족 정벌처럼 이번에는 원나라가 일본 원정에 나섰지만 실패로 끝나고 사신으로 갔던 두세충 등이 피살되는 사건까지 일어나자 조용히 세상사를 끊고 살려던 작자는 가슴속에 일어나는 분노를 삭이지 못하였던 것 같다. 여기에서 작자는 은거를 희망했으나 현실 정치에 대한 관심을 완전히 끊지 못하고 정치인들과도 관계를 계속 유지하면서 정치적 동향에도 귀를 세우고 있었다는 것을 알 수 있다.

수조가두

(또 지음)

아침 꽃은 몇 번이나 시들고,
봄풀은 몇 번이나 없어졌던가.
인생을 무엇 때문에 분주하게 경쟁하다가,
대괴국의 헛된 꿈을 간파했네.
기린각의 그림에 들어가지 않아도,
강가에서 즐겁게 농어 잡고,
찾아오는 사람 없는 양웅의 집 한 채라.
또한 건업의 물까지 마시니,
부잣집 늙은이도 부럽지 않노라.

청산에서 노닐며,
적벽에서 노래하고,
고상한 풍격을 생각한다.
두 늙은이는 지금 어디에 있나,
환기하니 술 한통에 동화되네.
하늘가에 밝은 해를 묶어두었다가,
산간의 밝은 달을 안고서,
나도 또한 오래도록 살다 가리라.
어찌 꼭 봉황을 타고 갈 필요 있겠나,
유희가 태허 속에 있는데.

又

朝花幾回謝, 春草幾回空. 人生何苦奔競, 勘破大槐宮. 不入麒麟畫裏, 卻喜鱸魚江上, 一宅了揚雄. 且飲建業水, 莫羨富家翁.

翫青山, 歌赤壁, 想高風. 兩翁今在何許, 喚起一樽同. 繫住天邊白日, 抱得山閒明月, 我亦遂長終. 何必翳鸞鳳, 遊戱太虛中.

* 완청산(翫青山): 『천뢰집』에는 '玩青山' 이라 되어있다.
* 산간(山閒): 『천뢰집』에는 '山間' 이라 되어있다.
* 유희(遊戱): 『천뢰집』에는 유희(遊戲)라 되어있다.
* 예봉(翳鳳): 본래는 봉황의 깃털로 만든 수레 덮개인데, 후에는 봉황을 타다는 뜻으로 사용되었다.

이 사에서 작자는 벼슬길에 나아가서 공명이록을 추구하기를 바라지 않고 한적한 산림에서 유유자적한 생활을 보내길 갈구할 것을 표명하였다. 이러한 것은 산곡에서 더욱 전형적으로 표현되었다. 예를 들면, 투수 [쌍조] <교목사> 「풍경을 보며(對景)」에서, "세월은 유수처럼 흘러, 모두 다 없어지니, 예로부터 호걸들의, 세상을 뒤흔든 공명도 결국은 전부 허사일 뿐.(歲華如流水, 消磨盡, 自古豪傑, 蓋世功名總是空.)" "어리석은 척 하지마라, 달팽이 촉수와 파리머리 같은 사소한 명리, 양명현친은 모두의 간절한 소망이라지만.(休癡休呆, 蝸角蠅頭, 名親共利切.)" 이라고 하여 공명에 대한 멸시를 토로하였다. [중려]

<양춘곡> 「기미를 알아(知幾)」와 [선려] <기생초> 「음주(飮)」, [쌍조] <침취동풍> 「어부」 등의 소령에서도 세상과 다투지 않고 현실에 만족하며 마음에 맞는 생활을 하길 바라는 사상 정서를 표출하지 않는 것이 없다.

이러한 정서가 생겨나게 된 원인은 국가패망, 가정파탄, 모친상실 등을 개인적으로 경험한 특수한 요소 때문만 아니라, 장자의 철학사상에 깊은 영향을 받은 때문이기도 하다. 장자의 물아일체와 무위 사상은 그 자신을 대자연과 하나로 융합시켜 자연에 순응하고 현실에 만족하게 함으로써 벼슬길에 나아가 세상과 다투길 바라지 않는 백박의 사상과 묘하게 합치되었다. 이외에도 원대에는 도교가 성행하고 도가사상이 광범위하게 유행하여, 중용되지 못하거나 중용되기를 바라지 않았던 많은 지식인들로 하여금 사상적으로 의지할 곳을 찾게 하였다. 원대 문인들의 시 · 사 · 곡에는 이러한 사상과 제재가 많이 반영되어 있다.

수조가두

(제목 없음)

북풍은 푸른 정원에 불고,
얼굴과 머리에는 서리꽃 피었네.
고개 돌려 북쪽 고향 바라보니,
두 줄기 눈물이 맑은 갈대피리에 떨어진다.
하늘과 땅은 아득한 객사요,
세월은 황급히 지나가는 나그네.
내가 어찌 박과 같이 한곳에 매달려 있는 신세리오.
사방에 친구가 있는데,
어디든 내 집이 아니겠는가.

오계의 물고기,
천리의 나물,
구강의 차.
만물을 따라 머물러 살면서,
늙은 생애를 살아간다.
술 속의 성인이 되기를 원치 않고,
단지 마음으로 무사하길 바라며,
저녁노을 아래 베개 높이 베고 눕노라.
바람에 날리는 모자가 생각나는 늦가을에,
동쪽 울타리에 국화꽃이 서서히 피어나네.

水調歌頭

北風下庭綠, 容鬢入霜華. 回首北望鄉國, 雙淚落清笳. 天地悠悠逆旅, 歲月匆匆過客, 吾也豈匏瓜. 四海有知己, 何地不爲家.

五溪魚, 千里菜, 九江茶. 從他造物留住, 辦作老生涯. 不願酒中有聖, 但願心頭無事, 高枕臥煙霞. 晚節憶吹帽, 籬菊漸開花.

* 오계(五溪): 협의의 오계는 호남성 회화시(懷化市)를 가리킨다. 그 경내에 있는 중요한 지류 다섯 개, 즉 유수(酉水) · 진수(辰水) · 서수(漵水) · 무수(舞水) · 거수(渠水)를 옛날에 오계라 칭하였다. 광의의 오계는 원수(沅水) 상류의 다섯 개 지류를 가리킨다. 『수경주(水經注)』에 의하면, "무릉에 오계가 있는데, 웅계 · 만계 · 서계 · 무계 · 진계이다.(武陵有五溪, 謂雄溪滿溪酉溪潕溪辰溪)" 라고 하였다.
* 취모(吹帽): 모자가 날리다. 진(晋)나라 환온(桓溫)의 참모 맹가(孟嘉)가 중양절 놀이에서 바람이 불어서 쓰고 있던 모자가 날려 땅에 떨어진 고사에서 온 말이다.

백박은 젊은 시절에 각지를 유랑하다가 때로는 고향 생각이 나서 눈시울을 적시기도 하였지만, 그래도 한곳에 머물지 않고 사방으로 친구들을 찾아다니며 즐겁게 회포를 풀곤 하였다. 그러면서도 그는 오랜 나그네 생활에 다소 염증을 느끼고 한곳에 정착하여 조용히 살고 싶어 하는 여망을 드러내기도 하였는데 50대에 이르면 그러한 현상이 두드러지게 나타난다.

이 사는 창작연대가 표기되어 있지 않지만 작품 속에 나오는 오계(五溪) · 구강(九江) 등으로 보아 건강(建康)에 정착하기 이전, 즉 50대 중반의 작품임을 알 수 있고, 사의 내용을 통해서 그가 오랜 나그네살이에 지쳐서 심신을 조용한 곳에 두고 유유자적 하고 싶어 하는 여망을 읽을 수 있다.

조중조

(제목을 잃어버림)

동화문 밖 번잡한 세상에서.
물가 마을에는 이르지 못했네.
맛있는 국이 솥에 있다 할지라도,
어찌 술 거르는 도연명의 두건만 하겠는가.
삼년동안 떠돌다가, 은둔할 마음이 있었으나,
몸을 둘 곳이 없었다네.
어느 날에 단란하게 자녀들과 함께,
작은 창가 등불 아래서 가까이 지낼까.

朝中措 題闕

東華門外軟紅塵. 不到水邊村. 任是和羹傳鼎, 爭如漉酒陶巾. 三年浪走, 有心遯世, 無地棲身. 何日團圝兒女, 小窗鐙火相親.

* 동화문(東華門): 송나라의 궁전 문 이름으로, 한림학사에 임명되면 이 문으로 들어가 좌승천문(左承天門)에 이르러 말에서 내렸다.
* 연홍진(軟紅塵): 흩날리는 먼지. 번화한 곳을 가리킨다.
* 임시(任是): 설령 … 일지라도. … 에 관계없이.

* 화갱(和羹): 조미를 잘한 국이란 뜻이다.
* 녹주건(漉酒巾): 두건으로 술을 거른다는 뜻으로, 도연명이 술을 무척 좋아하여 매양 술이 익으면 머리에 쓴 갈건(葛巾)을 벗어서 술을 걸러 마시고 다시 쓰곤 했다는 고사가 있다.
* 둔세(遯世): 『천뢰집』에는 '遁世' 라 되어있다.
* 단란(團圞): 『천뢰집』에는 '團欒' 이라 되어있다.
* 등화(鐙火): 『천뢰집』에는 '燈火' 라 되어있다.

동화문(東華門)은 송나라 궁궐의 문 이름으로 한림학사가 임명되면 이 문으로 들어가 좌승천문(左承天門)에 이르러 말에서 내렸다고 한다. 여기서는 백박이 그동안 권력계층의 주변을 맴돌며 자유롭게 생활한 것을 의미한다. 젊은 시절에 백박은 부귀한 사람들과 세속에서 어울리면서 맛있는 음식을 먹고 즐겁게 지냈지만 50대 중반에 이르러서야 그것이 부질없다는 인생의 평범한 이치를 깨닫고 도연명의 전원생활과 단란한 가정을 그리워하며 서서히 은거처를 마련할 준비를 한다. 이에 백박은 55세에 건강(建康)으로 이주하여 유유자적한 삶을 보내면서 이후의 작품은 대부분 그러한 경향을 띠게 되었다.

심원춘

(또 지음)

감찰사 거원(巨源)이 나를 불러 정사를 맡기려고 하기에 혜강(嵇康)의 「여산도서(與山濤書)」를 읽고 내 마음에 와 닿는 점이 있어서 이 사를 지어 사양하노라

예로부터 현능한 사람은,
한창(장년의) 나이에 날아올랐다가,
늙으면 물러나서 한거한다.
일신의 아홉 가지 근심을 생각하며,
하늘의 가르침이 적막하여,
백 년 동안 홀로 분개하며,
날로 쇠잔해진다.
미록은 길들이기 어렵고,
황금 말 재갈은 방종하기 쉬워,
뜻을 길고 무성한 초목 사이에 두었다네.
요순시대에도,
일찍이 소부(巢父)와 허유(許由)가,
기산에서 은거하였다고 들었노라.

월나라 사람에겐 은나라 관이 소용없다.
중대한 일에 머리를 싸매고 번거로움을 참지 못한다.

서가에 가득한 시서(詩書)에 대해서는,
자손을 가르칠 수 있고,
방에 있는 거문고와 술잔으로,
친구들이 서로 즐거워하네.
더구나 맑은 날에,
남은 목숨을 연장하니,
물고기와 새가 계곡과 산에 마음대로 오가네.
또한 알겠는가,
절교의 편지가 있다는 것을,
그대에게 자세히 보여주리라.

又 監察師巨源將辟予為政, 因讀嵇康與山濤書, 有契於予心者, 就譜此詞以謝

自古賢能, 壯歲飛騰, 老來退閒. 念一身九患, 天教寂寞, 百年孤憤, 日就衰殘. 麋鹿難馴, 金鑣縱好, 志在長林豐草閒. 唐虞世, 也曾聞巢許, 遁跡箕山.

越人無用殷冠. 怕機事纏頭不耐煩. 對詩書滿架, 子孫可教, 琴樽一室, 親舊相歡. 況屬清時, 得延殘喘, 魚鳥溪山任往還. 還知否, 有絕交書在, 細與君看.

* 장벽(將辟): 『천뢰집』에는 시벽(時辟)이라 되어있다.
* 취보차(就譜此): 『천뢰집』에는 취보중(就譜中)이라 되어있다.
* 금표(金鑣): 황금 말 재갈. 『천뢰집』에는 ‘金鏢’라 되어있다.

* 거원(巨源): 원래는 산도(山濤, 205-283)의 자인데, 여기서는 산도가 아니고 당시의 감찰사를 지칭하는 것으로 중의적인 의미가 있다. 산도는 서진시대 인물로 성품이 호방하고 노장의 학문을 좋아하여, 혜강(嵇康)·완적(阮籍)과 가깝게 지내 죽림칠현의 한 사람이 되었다. 나이 마흔에 군주부(郡主簿)가 되어 은자의 길을 고집한 혜강으로부터 절교를 당했다. 이후 위나라에서 낭중·상서이부랑·상국좌장사 등을 지내고 진(晋) 무제 때 대홍려(大鴻臚)·상서복야 등을 역임하였다.
* 전두(纏頭): 해웃값 또는 화대(花代). 앞의 주해 참고.
* 잔천(殘喘): 아주 끊어지지 않고 겨우 붙어 있는 숨이란 뜻으로, 얼마 남지 않은 목숨을 말한다.
* 절교서(絕交書): 절교의 편지. 혜강은 죽림칠현을 이끄는 영수로 사회적 명망이 높았고 백성들의 존경을 받았기에 숙청의 대상이 되었다. 죽림칠현으로 불리며 함께했던 산도(山濤)가 사마소의 천거로 벼슬길에 나아가자 절교를 선언했고 죽림칠현은 분열되고 말았다. 당시 산도에게 보낸 절교의 편지 「여산거원절교서(與山巨源絕交書)」는 유명하다.

감찰사 거원(巨源)은 백박을 원나라 조정에 천거하려 하였으나 그는 이 사를 지어 완곡하게 거절하였다. 사의 전반부는 작자가 먼 곳에서 불을 대기 시작하여 호방한 필치로 정치가의 일반적인 규율을 서술하고 다음 구절에서 쓴 귀은을 위한 바탕이 되었다. 이어서 자신의 불행한 운명과 가슴 가득한 비분을 서술하고 길들이기 어려운 미록과 황금 말 재갈, 산림에 은둔한 소부와 허유를 예로 들어 정치를 거절하고 은거를 바라는 뜻을 은근하게 표현하였다. 사의 후반부에서는 중요한 일을 처리하느라 번뇌를 참지 못하는 정치가와 산수자연에서 자유롭게 지내는 은자의 생활을 대비하였다. 이에 이르러 작자의 은거에 대한 소망이 갈수록 더 확실해지지만 결코 밖으로 드러내지 않고 거원의 천거에 정면으로 거절하지도 않았다. 사의 결미에 이르러 작자는 혜강과 산도의 절교 편지를 예로 들면서 원나라 조정에서의 벼슬을 거절하고 은거하겠다는 소망을 간접적으로 완곡하게 표명하였다. 사 전체에 걸쳐 비록 필력이 웅건하고 기세가 드높지만 기상이 신중하고 어투가 침울하다. 작자의 의도가 깊이 숨겨져 있을 뿐만 아니라 사의 용량도 매우 풍부하여 아주 우수한 호방사(豪放詞) 작품이라 평가된다.

<索 引>

저자소개

경상대학교와 성균관대학교 대학원에서 중국문학을 전공해 원대산곡 연구로 박사학위를 받았다. 중국산동대학교 문학원 연구위원을 거쳐 현재 동양대학교 교양학부와 대학원 한중문화학과 교수로 있다.

저역서로는 <중국의 어제와 오늘>(평민사), <중국 고대산곡 형식 발전사>(문영사), <백석사의 예술세계>(문영사) 등.

주요논문으로는 <마치원산곡연구>, <궁조의 개념에 관한 연구>, <관한경산곡연구>, <원호문의 산곡연구>, <산곡 본색론>, <노지의 산곡연구>, <백박의 산곡연구> 등.

~~~~~~~~~~~~~~~~~~~~~~~~

청루의 로맨티스트

백박의 산곡 세계

~~~~~~~~~~~~~~~~~~~~~~~~

초판 인쇄 2018년 4월 20일
초판 발행 2018년 4월 26일

저 자 김덕환
발 행 인 윤석산
발 행 처 지식과교양
등록번호 제2010-19호
주 소 서울시 도봉구 쌍문1동 423-43 백상 102호
전 화 (02) 900-4520 (대표) / 편집부 (02) 996-0041
팩 스 (02) 996-0043
전자우편 kncbook@hanmail.net

ISBN 978-89-6764-116-0 93820 **정가 16,000원**